光尘
LUXOPUS

# 让地球消失的男孩

The Boy Who Made The World Disappear

[英]本·米勒(Ben Miller) 著

杨诚 译

北京联合出版公司
Beijing United Publishing Co.,Ltd.

献给斯蒂芬·霍金，
他教会了我们大家一些关于黑洞的事。

# 目 录
## contents

序幕　哈里森的坏脾气 / 1

第一章　生日聚会 / 5

第二章　邻居家的狗狗阿蓝 / 21

第三章　测试"黑洞" / 27

第四章　游泳日 / 33

第五章　赫克托的威胁 / 47

第六章　"黑洞"带来的内疚 / 59

第七章　雪莉的奶奶 / 69

第八章　扔掉"黑洞" / 77

第九章　房子消失了 / 85

第十章　坦白 / 95

第十一章　命运的约会 / 103

第十二章　救星来了——哥哥桑尼 / 113

第十三章　独自寻找 / 127

第十四章　雪莉出现 / 147

第十五章　还剩五分三十八秒 / 159

尾声　寓意是什么 / 173

科普知识点　关于黑洞的一些事儿 / 175

## 序幕 哈里森的坏脾气

故事通常讲的都是关于一个好人做了一件坏事，这个故事也不例外。我们故事的主人公叫哈里森，他是真正的主角。因此，在故事开始之前，我想先澄清一件事：哈里森有一颗善良、宽厚的心。

他关心热带雨林；他经常把早餐送到妈妈床边；他总是允许妹妹拉娜玩他的玩具——尽管小家伙经常会把玩具玩坏、弄丢，甚至冲进马桶；他对学校里的其他孩子也都很友善，甚至包括赫克托·布鲁姆，那孩子有点欺负人，曾经故意将哈里森推倒，然后告诉他们的老师巴洛根小姐这只是意外。

哈里森很诚实。如果他在做游戏时不小心把花瓶碰碎了,他不会假装是别人干的;他从不偷商店里的东西;在玩"大富翁"游戏棋时,从不作弊;他也不会逃票偷偷溜进马戏场;对于每样新的食物,他试三次都不会抱怨;他过马路时总是拉着大人的手,甚至有时晚上还会把自己的衣服叠好,而不是把它们扔在地板上。当然,只是有时这么做。

看到这儿,你肯定会问:"既然哈里森这么好,他可能做过什么坏事呢?"

的确,哈里森是一个友好、诚实、善良、宽厚的好孩子,但他还是有一个很大的缺点,那就是——他无法控制自己的坏脾气。

大多数时候,他都很乖。但如果有什么事情惹恼了他,那么……那么,他就会大闹起来。

"呃呃呃呵呵——"哈里森愤怒地低吼。每逢这时候,他总是低着头,像一头要进攻的公牛,脸涨得通红,眉头紧皱,眼睛眯起,牙关紧咬。令人惊奇的是,他牙关咬得那么紧，居然没有把牙齿咬断。

"红色警报！"他爸爸喊道。这是父母给哈里森发脾气起的代号。

"不许这么说！"哈里森大喊。

"没错，肯定是红色警报。"他妈妈一边附和，一边赶紧把易碎品转移到安全地带。

"啊啊呃呃噢——"哈里森高声尖叫，"我讨厌你们那么说！"

哈里森脾气上来后，几乎没有人能使他平静下来，直到他自己筋疲力尽为止。

"呃呃呜呜噢！"他可能会惊叫，躺在地上撒泼打滚儿，踹着腿，像在跳霹雳舞。

"为什么你们都不听我说？！"他还会怒吼着冲进灌木丛，愤怒地抽打灌木。

"我不想要这个家啦！"有时他也会大吼一声，"砰"的一声关上自己的房门，并用所有的玩具把门堵住。

而让哈里森发狂的，通常并不是实际发生了什么，而是他担心什么事情会发生。在大多数时候，他周围的大人，比如他的父母或老师，都明白大概是这种情况。他们会等着哈里森恢复平静之后，再想办法找出他真正担心的原因，好帮助他解决问题。然后，一切都会恢复正常。

  我们这本书里的故事却并不属于上面说的那种情况。这得从一次生日聚会开始，然后……好吧，我最好还是直接开始讲吧。请坐下来安静地听我说，这故事曲折起伏得有点儿像坐过山车。你会看到，哈里森的生活被彻底改变了。

## 第一章 生日聚会

哈里森已经为赫克托·布鲁姆的生日聚会担心了好几个星期。

赫克托·布鲁姆是哈里森最不喜欢的人之一,也是哈里森班上块头最大的孩子,还老爱找哈里森的碴儿。比如,哈里森在操场上玩游戏,赫克托也要一块儿玩儿。但他加入后就会想办法改变规则,使得哈里森没法继续玩儿了;再比如,他们一起踢足球,他会绊倒哈里森,或是把哈里森从球旁边推开。

但到目前为止,最最糟糕的是赫克托的橡皮筋。

它是一个完美的武器：用着方便，藏起来容易。它会在你最没想到的时候，突然绷到你的胳膊、脖子或者腿上，让你疼得满地打滚儿。

仅仅想到要参加赫克托的聚会，就让哈里森焦虑不安。但是全班同学都去，哈里森不想在星期一大家都在谈论聚会时，自己一无所知，所以他别无选择。

唯一可以容忍赫克托生日聚会的理由是它的主题：宇宙太空。因为凡是跟恒星和行星有关的事物，哈里森都喜欢。再加上，赫克托整周都在吹嘘他的父母已经约好了一名真正的宇航员来参加他们的活动——宇航员的名字叫雪莉。她是专程来看望她奶奶的，就是那个在学校门口护送孩子们过马路的老太太。雪莉现在就住在她奶奶家里。于是布鲁姆夫妇立即邀请她来参加他们宝贝儿子的庆生会。

哈里森迫不及待地盼望着见到雪莉，毕竟，她是真的去过太空啊！

聚会还算开心地开始了。房间内外布满了太空装饰，赫克托的父母订购了一个大大的生日蛋糕，上面是一艘银色的太空飞船撞上了一个红色的星球,紧挨着还有一个四只眼睛的绿色外星人。

每个人来时都化了装。哈里森扮成了一名宇航员;珀尔塞福涅·布林克沃特扮成了外星人;查理·努苏化装成了流星;马库斯·唐是火箭;而卡尔·吴是任务控制中心的工作人员;凯蒂·布罗德是一位天使——尽管你在太空中不会见到天使,但是也没人说什么。

不出所料,赫克托·布鲁姆把自己扮成了太阳,因为他想成为我们太阳系中最重要的一员。

等客人们都到了,赫克托的父母领着所有孩子走到了房间的中央,很快每个人都坐在了垫子上,焦急地等待着活动开始。

马上就要见到真正的宇航员了,哈里森越来越兴奋。

这时,一个恶狠狠的声音在他的耳边响起:"等会儿,我爸妈一走,看我怎么好好治你。"哈里森转身看到赫克托·布鲁姆。赫克托绷紧了他那可怕的橡皮筋,眼里冒着邪恶的光芒。"等我们开始玩儿了,你最好小心点儿!"

哈里森咽了一口唾沫,也许他就应该待在家里,不该来这儿的。

灯光开始变暗,有人喊:"倒计时开始!

十……九……八……"

孩子们跟着喊了起来:

"七……六……五……"

赫克托的父母向门口退去。哈里森感到全身的肌肉都紧张起来。一旦他们走了,谁来保护他不受欺负呢?

"四……三……二……一……"

"点火!**发射!**"一个女人大喊着,从厨房门里冲了出来。

她顶着亮粉色的头发,穿着最耀眼的宇航服,跟宇航员在国际空间站上穿的一模一样。尽管哈里森心里很紧张,但还是被眼前的宇航员所吸引。

"你们好,孩子们!我是雪莉,接下来咱们一起开心地玩儿吧!现在,谁想和我一起上太空?"她一边问,一边环视大家。

"我,我,我!"每个人都争着喊。

赫克托的父母彼此微笑着关上了门。他们刚一走,赫克托就给了哈里森一个坏笑。

"我不想！"哈里森脱口而出。

"你说什么？！"雪莉问，惊讶地盯着哈里森。

"我想回家！"哈里森哭喊道。想着赫克托要用橡皮筋绷他，他越来越害怕。

"可是，哈里森，"马库斯·唐说，"你不是很喜欢太空吗？"

"不，我不喜欢！"哈里森大喊，"没意思！"

当然，这不是哈里森的本意，他只是害怕赫克托。但是，雪莉不知道。

"你怎么能说太空没意思？"雪莉皱着眉头，"事实上，你不知道自己有多幸运。当我还是个小女孩的时候，我多想能参加这样的聚会啊。"她转过身又对大家接着说，"好，孩子们，躺下，闭上眼睛。"

所有人都按雪莉说的做了，哈里森也照做了，一边试图排除自己的恐惧。他闭着眼睛，听到雪莉拉上窗帘，关了灯。"咔嗒"一声之后，接着是"嗡嗡"声……

"现在，睁开眼睛！"雪莉发出指令。哈里森睁开眼睛，瞬间感觉自己似乎飘浮在外太空！到处都是星星！无数星星在天花板上旋转，掠过墙壁，又落到地上。

"谁知道什么是星座？"雪莉问。哈里森举起了手，但雪莉却让另一个孩子珀尔塞福涅来回答。

"构成特定形状的一组星星。"珀尔塞福涅说。

"回答正确！"雪莉高声说，"好，现在，你们都抬头看上面，这就是大熊星座（北斗星）。"她把激光笔照在天花板上，用红色亮点圈出几颗星星——说实话，看着一点儿也不像熊。

"这儿是头，"雪莉解释道，红点在星星上跳动着，"这是爪，这是身子，这是腿。"

"随你怎么说吧！"卡尔说。好几个孩子都"咯咯"笑了起来。

"有人能猜出这是什么星座吗？"雪莉问，声音听起来稍有点不快。她的激光笔又移到了另一群星星上。

哈里森再次举起手。

雪莉却点名让查理·努苏回答。

"是蝙蝠座吗？"查理问。"不是。"雪莉说，"不过这个形状确实有翅膀,这是天鹅座。这个星座是我的最爱之一。你们谁能猜出为什么吗?"

"因为里面有一颗非常明亮的星星?"赫克托连手都没举,就发问。

"猜得好,赫克托。"雪莉说,"真是个聪明的孩子。那是一颗非常明亮的星星。它被称为德尼卜(Deneb)('天津四'),阿拉伯语的意思是尾巴,因为它在天鹅座的尾巴上。但是,我最喜欢天鹅座的真正原因在这儿……"她拿起激光笔,指向天鹅座中间的一个暗点,"这儿是一个黑洞。有人知道黑洞是什么吗?"

哈里森知道很多关于黑洞的知识,他兴奋地坐起来,挥舞着双臂说:"我知道!我知道!"

"没人知道吗?"雪莉装作没听见。因为哈里森先前的"折腾",她认为哈里森是个被宠坏的男孩,应该教训教训他。"那好,我来解释一下吧,简单说,黑洞是宇宙中的一个空洞。它完全是黑的,所以你根本不知道它在那儿。如果你离它太近,它就把你吸进去,那样你可就永远消失不见了。"

说着，她关上了激光笔，天花板上的红光点突然消失了。

一阵短暂的寂静。孩子们盯着黑洞所在的那一小片天空，感到一丝恐惧。

雪莉从地板上站了起来："就到这儿吧。我们开始玩游戏，好吗？"她轻轻地把墙上的一排开关打开，灯又亮了。

"不好！"哈里森大喊道。其他孩子都站了起来，只有他仍然躺在地板上。

"你说什么？"雪莉说。

"我不想玩游戏！"哈里森喊道。突然间，他脑子里想到的只有赫克托的橡皮筋。

雪莉反驳说："它们可是太空游戏啊，你会喜欢的。我们有'吸积中子星'，就像'传递包裹'；还有'沉睡的超新星'，有点像'睡着的狮子'——"

"我喜欢睡狮游戏！"凯蒂·布罗德喊道。

"啊啊嗷嗷！"哈里森喊道，"为什么没有人听我说呢？！"

"哈里森，"雪莉带着警告的口吻说，"我认为你需要冷静下来。"

"我还想再看星星！"他大喊。

雪莉坚定地说："我们已经看完星星了，现在该玩游戏了。我们先把'卫星'送到'近地轨道'上，好吗？赫克托，你先来。'

赫克托走上前去，趁雪莉不注意，从口袋里掏出橡皮筋，冲着哈里森恶狠狠地一笑。

这时，哈里森真的无法忍受了。

**"这是天底下最差的派对！"** 他怒吼着，在房间里乱跑，像踢足球一样，把地板上的坐垫踢飞，**"你是垃圾宇航员！"**

"你先等会儿。"雪莉说，她也越来越生气了。

**"我讨厌你！"** 哈里森狂叫道，**"我希望把你扔进黑洞里！我希望把一切都扔进黑洞里！"**

"你以为我在乎吗？"雪莉高声道。

这声音让哈里森大吃一惊，他不由得停了下来。

"你以为我想干这个吗？"雪莉尖叫，"你以为我想装成宇航员吗？我想成为一个天文学家，而不是哄孩子的保育员！"

屋里一下子安静下来，孩子们坐在那儿，吃惊得张大嘴巴。雪莉的行为根本就没个大人样儿！

"你不是真正的宇航员吗？"马库斯·唐问。

"当然不是！"雪莉喊道，"就像你们不是真正的火箭、行星、恒星或者……天使一样！"

凯蒂·布罗德哭了起来。

"好了，好了。"雪莉意识到情况有点失控，"对不起。只是……最近我的麻烦多了点儿。"

珀尔塞福涅搂住还在哭的凯蒂·布罗德。

雪莉深深吸了一口气，试图重新开始。"来吧，让我们玩一些有趣的游戏。"她装作什么都没有发生过，"然后……我们大家一起吃美味的生日蛋糕。"

当然，聚会再也没能回到之前的气氛。游戏还不错，他们确实把"卫星"送入了"近地轨道"，但是哈里森刺穿了"国际空间站"，失去了参赛资格；然后他们玩了"吸积中子星"，除了哈里森，每个人都赢得了一个玩具；

最终，他们玩了"沉睡的超新星"，雪莉抓住了哈里森在挠他的湿疹，而不是按照游戏规则躺着不动，所以她揭穿了他，剩下的时间他又出局了。

在整个过程中，赫克托一直不怀好意地摆弄着他的橡皮筋。

哈里森心情很不好。当他们要吃东西的时候，事情变得更糟了。

每个孩子都拿到了一份蛋糕，这时，雪莉却叫道："哈里森！对不起，你不能吃。"

"为什么？"哈里森问，他看着其他人大口吃着美味的蛋糕。

"凯蒂说你对奶制品过敏。蛋糕含有奶制品，所以你不能吃。"雪莉说。

"可是，我偏要吃！"哈里森抓起了一块蛋糕。

"不，不行！"雪莉说，"离蛋糕远点儿！"

"嗷！"哈里森喊道。他的脖子猛地感到一阵灼痛！他转过身看见赫克托——正是他用橡皮筋绷了自己！

就在此时，赫克托的妈妈问："你们都好吗，没事吧?"哈里森抬头看见赫克托的父母就站在门口。透过窗户,他看到其他大人也来了。

"哦,是的,很好。"雪莉说,"一切都很好,你们说是不是,孩子们?"她的脸涨得通红,但赫克托的妈妈似乎没注意到。

"你喜欢这聚会吗?"哈里森的妈妈走过来问他。哈里森看了看雪莉,又看了看赫克托,然后看着妈妈。他是选择告诉呢,还是不告诉?

"喜欢。"他点了点头,双手在背后做了一个手指交叉表示撒谎的动作。

赫克托的妈妈拍了拍手,大声说:"感谢大家来庆祝我们宝贝儿子赫克托的生日。可惜现在你们该回家了,我想我们可以送给每个小朋友一只非常特别的气球,还有一个礼品袋!雪莉,对吧?"

"当然啦。"雪莉说。

雪莉一个接一个地给孩子们分发礼品袋,以及美丽、闪亮的行星状的氦气球。赫克托得到的是带褐色和黄色条纹的木星;珀尔塞福涅得到的是紫色的金星;查理·努苏得到了天蓝色的海王星；马库斯·唐的是橘黄色的土星，还带有粉红色光环；卡尔·吴拿到的是蓝绿色的天王星；凯蒂·布罗德得到了银色的水星，运气不错，银色和她身上的天使服装颜色很搭。

终于，轮到哈里森了。

"还有气球吗？"哈里森的妈妈问雪莉。

"哦，有。"雪莉说，她的目光中闪过一丝狡黠，"我为哈里森准备了一只非常特别的气球。请在这里等一下。"

她消失在厨房里，并关上了身后的门。

"这聚会里你最喜欢什么？"哈里森的爸爸问他。

"看到黑洞的时候。"哈里森说。

这时，从厨房传出敲打声。

"黑洞是什么？"妈妈问他。

"就是宇宙中的空洞。它们非常危险，因为如果你掉进去，就永远没法出来了。"哈里森说。

"黑洞是什么样的？"

"就像一个洞，"哈里森说，"是黑的。"

厨房里传来"嘶嘶"声，好像粉碎机在搅碎什么东西，然后……

"砰"！

厨房的门挣开铰链飞了出来，穿过大厅，猛地撞在对面的墙上，摔落在地板上。

雪莉出现在门框中，她的太空服上满是烟尘，亮粉色的头发全都竖立着。她的右手攥着一根细绳，绳子的另一头飘着一个古怪的黑色圆圈。

"嗯……你没事吧？"哈里森的爸爸问。

"这是你的气球，哈里森。"雪莉说着，把细绳子绑在哈里森的手腕上。

"你真好。"哈里森的妈妈说。

"我的荣幸。"雪莉说，"这是他应得的。"

哈里森伸出手，握住绳子，把气球拉向自己。气球是漆黑的，就像从宇宙中切下来的一块。他吹了一口气，看它是否像一般的气球那样向后飘去，但是它没有，反而似乎靠近了一点儿。

"如果我是你，就不会那样做。"雪莉警告说，"实际上，最好不要碰它。"

哈里森伸出手，握住绳子，把气球拉向自己。

哈里森的爸爸向她投去疑惑的目光。

"万一它爆了呢?"雪莉说,带着好像挺无辜的笑容。

"好,哈里森,你该说什么?"妈妈问他。

"谢谢!"哈里森礼貌地说。

"不客气,哈里森,"雪莉眼里闪着光,说道,"真的,千万别客气。"

## 第二章　邻居家的狗狗阿蓝

和父母一起走回家的路上，哈里森一直在琢磨这只不一般的气球。实际上，他简直无法把目光从气球上挪开，因此几乎没有注意到他们穿过了绿色的村庄，爬上山坡，就要回到自己的小屋。气球就像一块巨大的磁铁，吸引着他。他睁大眼睛盯着黑色气球的深处，想看到点儿什么：也许一个在黑暗中挪动的什么形状，或是一丝光线……但什么都没有。哈里森开始怀疑这是不是一只气球，或者是什么更神秘的东西……

"汪，汪！"

狗叫声打断了他的沉思,他看到一排又白又尖的狗牙就在离自己鼻子不到一厘米的地方,顿时吓得跳了起来,松开了手上的细绳。还算幸运,气球绳拴在他的手腕上,不然早就飞走了,我们的故事也就结束了。

哈里森太熟悉这令人恐惧的狗吠和那些像刀刃一般锋利的牙齿了。

这条狗叫阿蓝,是他的邻居哈德威克先生养的黑白色边境牧羊犬。哈里森心跳加快,觉得自己快要晕过去了。

"救命啊!"他呼叫着。

"哈里森,转过身去。"哈德威克先生倚在篱笆上说,"阿蓝不会伤害你。站着别动,它一会儿就没兴趣了。"

哈里森听从指点,转过身背对着那条狗。他感到狗嘴里的热气直喷到自己的脖子上,狗龇着牙,离他的右耳垂似乎只有几毫米。他转过身,企图把狗轰走。

"别挥动你的胳膊,"妈妈若无其事地说,"狗会以为你在跟它玩儿呢。"

哈里森把胳膊抱在胸前。他能感觉到自己的心脏在胸腔里猛跳,就像一只疯狂的仓鼠正奋力从笼子里挣脱出来。阿蓝冲到哈里森面前,跳跃着、狂叫着在他脸前龇着牙——真令人难以忍受。

"啊!"哈里森大喊。

"哦,别犯傻了,哈里森,"他的爸爸说,"阿蓝只是想和你打招呼。"接下来的时间漫长得就像几个小时。大人们说话时,哈里森扭来转去,竭尽全力躲开阿蓝的狂吠和蹦跳。但是阿蓝并没有放弃,而是玩得更来劲了。

阿蓝蹲在人行道上……

准备起跳……

它从地面一跃而起……

哈里森紧闭双眼,蹲下躲开了!

好半天,他闭着眼睛一动也不敢

动，想着狗马上就会扑上来把他撕碎。但是什么也没有发生。

他睁开眼睛。大人们正聊得开心。

哈里森前后张望，不见阿蓝的踪影。

狗去哪儿了呢？哈里森不明白这到底是怎么回事。

然后，他想起自己手里仍攥着的气球——那非常奇怪的气球……

它不会和狗的消失有关吧？会吗？

他蹲下身子，就像阿蓝突然朝他扑过来时一样。他抬头往上看——正如他所怀疑的那样，气球就悬在他头顶的正上方。因此，当阿蓝朝他扑过来时，很可能撞上了气球。难道狗真的坠入了黑暗，消失了？

哈里森摇了摇头。不可能，那太荒唐了。阿蓝一定是在他闭上眼睛的时候，跃过他跑到街上什么地方去了。也许它看到一只松鼠，追松鼠去了；或者听到从野地传来的猫的哀嚎？

"哈里森，你没事吧？"他的爸爸问。

哈里森什么也没说。他在心里琢磨着各种可能性。

阿蓝真的消失在气球中了吗？如果是这样，那是不是意味着他可以让其他东西也这么消失呢？

## 第三章 测试"黑洞"

哈里森一回到自己的卧室,就马上开始了工作。

首先,他测试了放开气球的绳子会发生什么情况。他小心翼翼地解开了手腕上的绳结,气球没有像普通的氦气球那样飘到天花板上,而是神秘地悬在半空。哈里森很想用手指捅它,但是耳边响起了雪莉"不要碰它"的警告。如果黑气球真的可以吞下一条中型边境牧羊犬,那对他会怎样呢?

哈里森绕着气球转了一圈,以便可以从各个角度观察气球。他蹲下身,从下往上仰视;站起来踮起脚尖,从上往下俯瞰……从各个角度看去，气球都是一模一样的：一个平面的黑色圆圈——就像一张剪出来的黑色卡片，悬在半空。它不像是普通气球应有的那种球形。

哈里森注意到气球的底部也没有打结。以前不管是从博览会还是从聚会上得到的气球，底部都会打个结，系着细绳。但是这个东西，不管它到底是什么吧，没有打结。取而代之的是，细绳只是隐入黑暗之中。

嗯……对于他的"气球"到底是个什么东西，哈里森有了一个想法。

他拉上卧室的窗帘，打开手电筒，关了电灯。他在黑暗中晃动着光柱，直到找到"气球"。这时，他注意到了一件最奇怪的事——手电筒的光柱照在气球上面没有反光，光亮似乎完全被黑暗吞没了！哈里森接着把手电筒照向书架上的保龄球，这样他就可以比较两者。保龄球看上去是圆的，有光亮，而且明显是个球体，而不是平的和全黑的。

哈里森重新打开灯，然后爬到床下，翻来覆去，直至找到了他要的那件玩具：一只灰色的绒毛大象，叫埃尔蒙德。他和埃尔蒙德从未真正友好地相处过，因为它的皮毛由粗糙的尼龙纤维制成，总是会引发哈里森的湿疹。毫无疑问，埃尔蒙德是一个非常合适的测试对象。

哈里森深吸一口气，用右手握住埃尔蒙德，摆好姿势，就好像投掷标枪一样。他小心翼翼地瞄准，集中精力，对准目标，把大象扔了出去。

埃尔蒙德优雅地越过哈里森卧室墙上贴的恒星和行星的海报……击中了"气球"。

现在，你很可能认为这个被绒毛大象撞击的"气球"会动起来，但是，哦，没有——它纹丝不动。这还不是最奇怪的，就在埃尔蒙德击中"气球"的那一刻，那头绒毛大象似乎立即冻结在那儿，然后慢慢地、慢慢地消失，直到无影无踪。哈里森确信，在完全消失之前，他看到了埃尔蒙德睁大了惊恐的眼睛。

这就得到了证实。正如哈里森所怀疑的那样，这不是一只普通的气球，这是一个黑洞。

晚餐时，哈里森有了进一步测试的机会。

像以往一样，哈里森的父母想让他多吃蔬菜，给了他一些西蓝花，让他就着烤肉饼一起吃。此前哈里森已经尝试过三次西蓝花，几乎很确定自己不喜欢吃。更糟糕的是，班上的一个男孩告诉过他，吃西蓝花会使人的头发变绿——他可真的不想要那样。

妈妈说："哈里森，记住我们的规矩：'蔬菜都要吃光光，不然没有甜食布丁。'"

"我不要吃西蓝花，"哈里森告诉她，"吃起来像树叶。"

爸爸说："别傻了，你喜欢西蓝花！"

妈妈建议："再尝尝。"

"我已经尝过了。"哈里森回答，"三次啦。"

"好……那就再试一次嘛。"爸爸说。

哈里森感到自己的怒火在往上冒。万一班里的那个男孩说的是真的呢？如果他顶着一头绿发去上学，大家都会嘲笑他！一想到这儿，他都要哭了。为什么大人们要强迫他吃那么可怕的东西？他想发泄出来，大喊大叫……

哈里森差点儿就要拿起盘子，扔到房间的对面去了。一个念头闪过，如果他不这样做呢？如果他不发脾气，而是使用他的"黑洞"呢？

"好吧，"他若无其事地说，"我想我可以再试一次。"

他没有咬牙怒吼，而是露出了一个灿烂的笑容。

父母对于他态度的突然好转感到困惑，同时也松了一口气——至少他们的儿子暂时不会出现红色警报了。

哈里森拿起叉子，咬了一口烤肉饼。然后，趁父母不注意，妹妹拉娜也在全神贯注享用盘子里的蔬菜时，他慢慢地、偷偷地抓住了细绳，小心地把"黑洞"拉到桌子下没人看得见的地方。当然，他非常小心地不去碰到它。毕竟，他可不想像可怜的埃尔蒙德那样陷入黑洞中去。

哈里森再次仔细确认了他的父母没有朝他看，便从盘子里拿起一块最令人没食欲的西蓝花，丢向"黑洞"。效果明显。就像埃尔蒙德一样，西蓝花碰到黑洞的那一刻似乎立刻冻结，几秒钟后，它慢慢消失了，直到最后彻底不见了。

哈里森简直不敢相信自己的好运气。太好了！不用再吃那令人恶心的蔬菜了！他把盘子里的西蓝花偷偷地扔进黑洞里，等一块消失了，再扔进下一块，一块又一块，盘子里所有的西蓝花都清光了。

"天哪！"爸爸高兴地说，"西蓝花都吃了，一丁点儿都没剩！干得好，哈里森！你完全可以吃甜点啦！"

哈里森感到有些内疚，但随着他的第一口巧克力布丁入嘴，那点内疚很快就消失了。

他再次把"黑洞"举到桌子上面，这样他就能好好看看它了。嗯，他想，这玩意儿也许会派上大用场。毕竟，有一两件东西，他绝不介意让它们消失，比如，赫克托·布鲁姆的橡皮筋……

## 第四章 游泳日

第二天是上学的日子,闹钟叫醒了哈里森。

"铃!铃!铃!"

就在这令人讨厌的一刻,哈里森想,"黑洞"会不会是昨晚做的一个梦呢?他坐起来睁开眼睛,大大松了一口气:"黑洞"还在床脚边昨晚被他绑住的地方。

它比前一天晚上更小了吗?还是他的想象?

所有的气球过一夜都会缩小一点儿,哈里森安慰自己,也许"黑洞"也一样。无论如何,今天会是有趣的一天。

"铃！铃！铃！"

闹钟又响了。

哈里森从床头柜上拿起闹钟，然后抛了出去！

"铃！铃！铃……"

钟面上有一个令人恼火的笑脸太阳图案，哈里森满意地看着它和闹钟一起，从他的视线里消失了。

哦，是的，今天会是开心的一天。

今天轮到爸爸陪哈里森和拉娜走下山去学校了。幸运的是，爸爸正忙着摆弄手机，没注意到哈里森带着"黑洞"，也没有注意到哈里森从书包中拿出阅读书，扔过肩头。而且最肯定的是，他没注意到那本书冻结在黑洞的表面，然后慢慢地消失了。

哈！哈里森想：现在没人知道我没完成阅读作业了！

他不由得笑了笑——他的"黑洞"已经准备好了，随时可以行动。

不久，他们三人来到了山脚下，那儿已经有一群父母和孩子围在雪莉的奶奶身边，她是指挥过马路的交通协调人。

现在，我需要告诉你一些关于雪莉的奶奶的事情。正如我已经提到的，她是学校的"马路天使"，就是说她要帮助所有的孩子和家长穿过校外那条繁忙的街道。还有，她被认为有点儿怪怪的。其实经过这里的汽车很少，你以为她会不停地带领人们穿过马路吗？不，这根本不是她的作风。

相反，每天早晨，她都会拿着棒棒糖形状的停车牌等到一群人聚集在周围。这条路空无一人，看不见一辆汽车。这时，她会带人过吗？不会的。她会等啊，等。直到她看到一辆汽车驶来，她才会慢慢走到路中间，把她的停车牌杆立好，然后吹哨。

有一次，半天没有车经过，一位父亲不耐烦了，牵着孩子的手，没经老太太的允许就开始过马路。

"嘟嘟！"哨声响起。

他停了下来。"没有车呀！"他喊道。

"嘟嘟！"雪莉奶奶的哨音又响起。

"但是……"

"嘟嘟！"

"我……"

"嘟嘟！"幸运的是，那一刻，人们隐约看到一个老人慢慢地骑着自行车过来，这使得雪莉的奶奶能够迈步到马路中间，立起停车牌，让大家过马路。

平时，这位"马路天使"不爱说话，所以今天当哈里森走过来，她微笑着把手友好地搭在他肩上时，哈里森感到非常惊讶。

"啊，你一定是哈里森，"她眨着眼睛说，"你对赫克托的生日聚会怎么看？"

"还行吧，"哈里森说，"不过我和你的孙女吵架了，她对我不是很友善。"

"啊，是吗？这是她给你的气球吗？"她指着"黑洞"，很无辜地问，"这颜色的气球可真不多见。"

"是啊。"哈里森小心地回答。雪莉的奶奶知道这只"气球"的真相吗？

## 第四章 游泳日

"你放进去什么东西了吗？"老太太低声问道。她离哈里森很近，显然不想让别人听到。

所以她确实是知道的！这就说明雪莉一定是有意地给了他"黑洞"……但那是为什么呢？哈里森看看爸爸是否在听，但他似乎正忙于打电话聊天。"只放了大象埃尔蒙德、一些西蓝花，"哈里森轻声说，"还有我的闹钟和阅读书。"

"我替你保密。"雪莉的奶奶用手指叩叩自己的鼻子说，"但是，你要小心点儿。一旦东西放进去，就永远出不来了。"

"没关系，"哈里森说，"我不想再要这些东西了。"

"你是女巫吗？"拉娜打断了他们。这么问话有点儿不礼貌，但是哈里森明白妹妹的意思。这位马路天使没有疣子、斗篷或黑猫，但她确实有些不同寻常。也许是她那双锐利的绿眼睛……

"亲爱的，恰恰相反，"老太太回答，"我正在接受培训成为一名天文学家。"

拉娜和哈里森听了，都被打动了。

"像雪莉一样？"哈里森问。

"是的。实际上，和雪莉的情况一模一样。"雪莉的奶奶笑着说，"这一定是你爸爸吧？"

哈里森的爸爸仍然忙着打电话，只是点点头，算打了个招呼。

"或者，当然，那也可能是你，哈里森，"雪莉的奶奶说，"只是年纪大一点儿。"

"我？"哈里森不解。

老太太回答："你是不是从来没有想过，如果你想知道自己长大后的样子，应该看看你父母现在是什么样？"

哈里森没有想过。

"或者你的祖父母。"雪莉的奶奶调皮地补充道。然后，她看见哈里森的爸爸仍在打电话，并没有听他们说话，她低声说："你必须继续喂它，知道吗？"

"喂它？"哈里森用他最小的声音问道。

"不然它就会缩减到消失不见，这就是黑洞的关键所在。"雪莉的奶奶说，"它总是很饿。"

"我饿了，"恰好拉娜又插话道，"我要吃蛋糕。"

"没有蛋糕。"爸爸说。他刚讲完电话。"你才吃过了早餐,况且,哈里森还要去游泳。"

游泳!

哈里森已经完全忘记了:星期一是游泳日!

这提醒了我:关于哈里森,还有一件事我需要告诉你。无论怎么说他都不是胆小鬼,但是和大多数人一样,他对有些东西确实是一点儿都不喜欢。比如,你可能害怕蜘蛛、牙医或者发霉的葡萄。哈里森呢?告诉你吧,对于他来说,最怕的就是游泳。

这得从他第一次上游泳课开始说起。爸爸带他去了当地的游泳池,一个鬈发的圆脸男人告诉他,自己是他的新游泳教练,马上就可以带他下水。

"让我看看你会些什么,哈里森。"说着,教练拿掉了哈里森的游泳臂圈。

"我会沉下去,"哈里森说,"没办法,我就这点儿本事。"

教练告诉他:"游泳的窍门儿全在意念。如果你觉得自己做不到,那就做不到。如果你觉得自己可以做到的话……"他会心地一笑,"那你可能会让你自己都感到惊讶。"

"如果我给自己带来的惊讶是溺水呢?"哈里森问。

"你不会溺水的,"教练笑着说,"我一直在这儿呢。"

当然,卷毛教练说这话的时候并不知道那天早上游泳池里还会有一位女教练,而且他还和她聊得很开心。实际上,他俩聊得那么投入,以致当哈里森呛水、灌水、沉入水下,急需帮助时,这位卷毛教练竟然完全没有注意到。直到哈里森抓住卷毛教练的游泳裤求助,并且不小心把它拉了下来,这个男人才终于意识到发生了什么。即使这样,相比于哈里森差点淹死,卷毛教练似乎对那位女教练看到了他的屁股感到更抱歉。

从那以后,哈里森就对水产生了极大的恐惧。因此,当爸爸提到游泳时,我想你可以猜出接下来发生了什么。哈里森失控了。

"不!"他喊道,把书包扔在人行道上,"我不去!"

"哈里森,"爸爸耐心地说,"你都拖了一周又一周了,不能每回都说不去。每个人都必须学会游泳。"

"我没带游泳的东西！"哈里森说。

"哦，没关系，"爸爸说，"我相信学校会有一些备用游泳裤。"

"备用的太大了！"哈里森声称，"它会兜很多水，把我拖下去，我会淹死的！"

"够了，哈里森，"爸爸坚定地说，"你必须去游泳，说定了。"

"呃！"哈里森低吼道，"这不公平！"说完，他低下头，皱起眉头，眯起眼睛，咬牙切齿。

"哦噢，"爸爸说，"红色警报。"

**"别说这个！"** 哈里森喊道，**"我讨厌你说这个！"**

他们周围的人群开始向后退。

**"哎哟嗷嗷——！"** 哈里森踹着腿哭喊着。

"看你的了，"雪莉的奶奶对哈里森的爸爸咧嘴一笑，说，"我可得去干活儿了。"

果然，一个很老的老头儿驾着小型电动车出现在路上。雪莉的奶奶慢腾腾地挪到马路中间，立好她那根棒棒糖形状的停车牌，迫使老头儿紧急刹车。此前在路边等候的人群穿过马路,进入学校大门。

爸爸说:"哈里森,走吧,要迟到了。"

**"我不去游泳!"** 哈里森吼道,**"你不能强迫我去!"**

然而四十五分钟后,在一系列令人不快的事态发展中,哈里森发现自己坐在男生更衣室的木凳上,穿着备用箱里一条非常大的灰色游泳裤。

"哈里森,你还在那儿吗?"巴洛根小姐在门外喊道,"我忘记拿护目镜了,得回趟女生更衣室。我回来以后,我们就开始训练。阿尔菲·伯恩这个星期加入大游泳班了,你是唯一的初学者,我今天专心教你一个人!"

唯一的初学者。听起来并不好玩儿。哈里森多么渴望像其他孩子一样,在大游泳池里打水、跳水,开心地大笑!现实却是,他得独自和巴洛根小姐在浅水池里,下沉、呛水、灌水……如果他能喝干整个游泳池里的水就好

## 第四章 游泳日

了!那样的话,他根本就不必游泳了。

这时他有了一个主意……

备用的游泳裤太大了,怕它掉下来,哈里森把裤腰上的绳子打了个结。之后,他打开了藏"黑洞"的储衣柜。

它肯定是变小了,哈里森心想。昨晚以它的体积,柜子里是放不下的。雪莉的奶奶说得对,需要给它喂食。

然后他想起了巴洛根小姐随时可能回来,所以他必须抓紧时间。

哈里森穿过更衣室,进入泳池区,"黑洞"在他身后晃动着。在他的左边,透过分隔浅水池和深水池的玻璃,他看到班上的其他孩子在大泳池里嬉笑玩耍。他又看到,赫克托像往常一样戴着写着"1号"的讲究的游泳帽,跑到了一块弹性很好的跳水板的末端,来了个肚皮跳水。臭显摆,哈里森想。他向右看去,浅水池里空无一人。

哈里森见没人注意,蹑手蹑脚走向浅水池,"黑洞"飘浮在他身后。他踏着台阶走进水里,小心地牵引着"黑洞"。他下了三级台阶,突然意识到自己犯了一个可怕的错误。如果"黑洞"碰到水时,他在水中,很有可能他也会被拖进去,就像一只蜘蛛被吸进下水道一样。他必须想出一个办法,使"黑洞"能接触到水,而他又不在水中。

这时,他发现了游泳池旁边的救生杆。

也许你在游泳馆里见过这个东西,它基本上是一根长杆,一头带有钩子,其用途是如果游泳池中有人需要帮助,救生员可以用它把他们钩到安全地带去——对那些不喜欢把衣服弄湿的救生员来说,救生杆特别方便。

哈里森飞快地把"黑洞"绑在杆子带钩子的一头,又花了几分钟时间握住杆子的中部,像走钢丝的人一样把它平衡在胸前,小心地移动到游泳池边上,把杆子伸出,这样"黑洞"就悬在了水面上方。最后,他让杆子倾斜,钩子沉到水面以下,拉着"黑洞"下降。

这时,不寻常的事情发生了。当"黑洞"下降时,它下面的水像喷泉一样涌了起来,越来越高,好像是被吸上去的,直到最后达到黑洞边缘。

一瞬间,只听一声巨响,水柱射向四面八方,哈里森闭上双眼!

## 第四章 游泳日

当他睁开眼时,发现自己完全被浓浓的水雾包围住了。

"嘟嘟——!"有哨音传来。

哈里森什么也看不见,只听到同学们激动的声音。

"怎么回事?!"他听到巴洛根小姐喊道,"哈里森?你在那儿吗?"

水雾逐渐散去。孩子们纷纷把脸贴在分隔浅水池和大游泳池的玻璃墙后。在他们背后,站着目瞪口呆的巴洛根小姐。

所有的水都消失了,在空池中间的湿瓷砖上,只有哈里森一人,他正做着游泳的动作。"我觉得我学会游泳了。"他用欢快的声音喊道。

恰恰这时,他的游泳裤掉了下来。

孩子们纷纷把脸贴在分隔浅水池和大游泳池的玻璃墙后。

## 第五章 赫克托的威胁

"我真的很抱歉,哈里森,"巴洛根小姐说,声音里还带着惊恐,"看来今天你的游泳课上不成了。"

"没关系。"哈里森假装沮丧地说,心里却高兴得不得了。

他们回到更衣室,大泳池的其他孩子继续他们的游泳课。巴洛根小姐打了紧急电话,但是,当电话那头的人问"您需要什么服务"时,她很难说需要什么。没有失火,所以她用不着消防车;也没有人犯罪,所以没有必要通知警察。她考虑过叫一辆救护车,但哈里森坚持他没事儿。更糟的是,当她试图向接线员解释浅水池中的水突然消失了时,对方以为这是个恶作剧电话,于是非常气愤地挂断了电话。

"前一分钟还有水,"巴洛根小姐对哈里森说,"下一分钟,水就没了?"

哈里森点点头。

"我想是这么回事,"巴洛根小姐试图给出合理的解释,"水一定是漏走了。"

"是。"哈里森说。

"我的意思是……水不会自己消失的,对吗?"巴洛根小姐说。

"不会。"哈里森说。

"也许维护游泳池的人把水放空要做清洁,没有告诉我们?"

"肯定是这样。"哈里森说。他觉得欺骗老师有点卑鄙,但是,要是不这么做,就会招来很多麻烦,甚至他的"黑洞"也会被没收。

"你肯定自己没事吗?"巴洛根小姐问。

## 第五章 赫克托的威胁

哈里森说:"百分之百。"

"好的。"巴洛根小姐说。因为找到了合理的解释,她变得高兴起来。"咱俩都先去换衣服,然后去喝杯热巧克力,好吗?反正要等班里的其他孩子上完课。"

哈里森很高兴,欣然听从了巴洛根小姐的建议。他不仅喝了一杯热巧克力(当然是不含乳制品的),还被允许吃了一包薯片,是他最喜欢的醋盐口味。

在他们等待期间,巴洛根小姐给学校理事会打了电话,抱怨没有事先通知就放水清空浅水池——这样似乎让她感觉好多了。

哈里森用心爱的眼神看着他的"黑洞",和它在一起很好玩儿。现在,它吞进了池中所有的水,已经恢复到正常大小。雪莉的奶奶说得对,"黑洞"确实需要喂食。

又一次喂食"黑洞"的机会很快就要到了。哈里森可不是学校食堂的超级粉丝(我敢肯定,你们大多数人

也一样)。午餐菜单是猪肝和洋葱,难吃死了。更糟糕的是,这周是赫克托做班级小帮手。担任小帮手的同学会戴上帮手帽,在教室里给巴洛根小姐帮忙,还要在午餐时给大家分发食物。下午课间休息时,小帮手还可以多吃一块饼干。

赫克托以前就当过小帮手。实际上,他被选上过很多很多次。每当赫克托当选时,就意味着如果菜单上有好吃的东西,那么哈里森几乎是得不到的;如果有什么难吃的,赫克托保证会让哈里森分到班里最大的一份。

如你所料,食品桶摆上桌时,赫克托给了自己一小块猪肝,而给了哈里森**巨大**一块。

"你想要一些洋葱吗?"赫克托问。

"不,谢谢。"哈里森说。

当然,赫克托根本不听,一下子舀给了哈里森一满勺。他接着给桌前的其他孩子分发食物,也给了他们每人一大块猪肝,给了其他人每人一小勺土豆泥,却给了自己一大堆。

几乎不到一分钟,哈里森就把空盘子往前一推,舔了舔嘴唇说:"嗯,谢谢你,赫克托。太好吃了。"

这时,你可以想象赫克托有多么吃惊吧!

当然,哈里森把"黑洞"藏在他的脚边,赫克托可不知道哈里森没吃完的午餐在"黑洞"的表面慢慢消失了。

"噢,你喜欢吃,是吗?"赫克托冷笑着说,"好吧,这还有多余的,你都吃了吧。"

他又在哈里森的盘子上放了一块**巨大**的猪肝。

哈里森等到赫克托没看着他时,把那一大块猪肝扔到"黑洞"里,然后,再一次推开空盘子。

"好吃!"哈里森说,"谢谢你,味道好极了!"

其他孩子笑了起来,这让一直喜欢当老大的赫克托非常恼火。

"我明白了。"他说,"那你可以把我们的这些也都吃了!"

赫克托认为哈里森这样做是在挑衅自己,就拿起盛饭的勺子,把所有人盘子里的猪肝都堆在了哈里森的盘子里。然后他拿起自己的那一小块,放在最上面。

"慢慢享用吧,爱肝小子!"赫克托不怀好意地笑着。

"噢,就这些吗?"哈里森问,"你还有更多吗,没了?"

其他孩子又笑了,赫克托更加气恼了。

"闭嘴!"他对着他们厉声说道,"这一点儿也不可笑!"

"看哪!"哈里森指着一边,"用来做布丁的碎东西!"

趁赫克托分了神,哈里森把整个盘子斜着对准"黑洞",然后向前一推,盘子全空了。

"吃完啦!"他宣布。其他孩子开始笑着鼓起掌来。

赫克托眯起眼睛。

"骗人!"他大吼道,"你把吃的都扔在地板上了!"他猛地冲到哈里森坐着的地方,想着肯定会发现一堆扔掉的猪肝。但是,当然,他看到的只是哈里森的"黑洞"。

"猪肝跑哪儿去了?那是什么?"他指着"黑洞"问。

"小心!"哈里森说,"这是我的气球,从你的聚会上得来的。别碰它!"

"你还是个宝宝啊,居然带着气球来上学!"赫克托假装柔声地说。

其他孩子又笑了起来,哈里森感到自己的耳朵在发烫。

## 第五章 赫克托的威胁

然后，赫克托抽出了他的橡皮筋，使劲把它绷紧，说："你等着！"他眼里闪着邪光，"我会治你的！没人敢耍我。"

不可避免地，午餐之后便是哈里森和赫克托的对决。当时，哈里森正和几个朋友玩警察抓强盗的游戏，觉得有人拍了一下他的肩膀。他转身一看，是赫克托，赫克托身边还站着两个大个子的高年级男孩。哈里森只来得及抓起"黑洞"，就被那两个男孩抓住胳膊，架着拖过操场，直接扔到了自行车棚后面的地上。

赫克托吼叫道："你觉得自己很聪明，对吗，爱肝小子？"

自行车棚后边是赫克托欺负人的首选之地。因为这个地方能完全避开老师，是他动用橡皮筋的理想场所。哈里森知道他必须迅速行动。

"放开我，赫克托！"他大声喊着，希望有人听到他的呼喊能来救他。

"嘘……"赫克托轻声说着,摸着哈里森的头发,就像电影中的恶棍那样,"你再吭一声,咬人的皮筋……"他拿出橡皮筋,准备攻击,"它就有话跟你说啦。"

大个子男孩中的一个说:"在这儿,没人能看到你,可怜虫。"

"这儿很'隐蔽'。"另一个男孩说,"这是五年级学的词。"

"意思就是没有人能看到我们。"第一个男孩得意扬扬地解释。

"噢,他们能看见!"哈里森喊道,猛地把"黑洞"甩到自行车棚的铁皮墙上。

接下来发生的事情非同寻常。

整个自行车棚,连同里面所有的自行车,都缩成几乎看不见的一小团,飞向黑洞。人们习惯了看魔术师突然从袖子里拉出一串手帕,只是现在相反,像是魔术师把一长串东西放入袖子里变没了。转瞬之间,黑洞边缘处可看到的只剩下一辆自行车的车把儿,一会儿,连车把也消失不见了。

## 第五章 赫克托的威胁

赫克托·布鲁姆和另外两个大孩子不敢相信自己的眼睛。

"怎么回事？"赫克托问。

一个高个子男孩说："我的自行车不见了！"

另一男孩摇着头说："这是幻象，就像电视节目里有人表演的那种！"

在学校的另一边，值班老师叶布斯利先生抬起头来看看这边有什么动静，他挠着头疑惑不解：那边原来不是有个自行车棚吗？

现在叶布斯利先生和几乎整个校园的人都能看见赫克托了，他就不敢用皮筋绷哈里森了，怕万一被抓住。

"你说是在我的生日聚会上得到那玩意儿的？"他问哈里森，指着"黑洞"，"我拿到的那个棕色的破气球，早就扁了。"

哈里森点点头。

赫克托说："我跟你换。"

"不！"哈里森用他能发出的最勇敢的声音说，"我不换。"以前，赫克托不止一次地强迫哈里森和他交换过许多东西——都是哈里森最喜爱的,像是化石、水晶、游戏卡……但是,哈里森不会用"黑洞"和赫克托交换任何东西。

赫克托朝叶布斯利先生瞥了一眼,他正盯着他们这儿。

"你行啊,那我就直接拿走好了。那是我的生日,我应该得到最好的气球!"赫克托说着,过来抢"黑洞"的绳子。

"不行!"哈里森喊道,使劲儿拽紧绳子。

两个大个子男孩互相望着对方,他们想帮赫克托,但是现在没了遮蔽他们的自行车棚,他们都担心被抓住。

"放手!"赫克托在哈里森耳边低声说。

"就不!"哈里森说,使尽全身的气力抓着"黑洞"的绳子,"它是我的!"

"那,给你!"赫克托突然松手,哈里森没站稳,跌倒在地,手里却仍然紧紧抓着绳子。

有好几秒钟,哈里森坐在地上,大口喘着气。

"喂!"叶布斯利先生喊道,"你们那儿怎么回事?"

"没什么，先生！"赫克托礼貌地大声回答，然后向哈里森伸出了手。"对不起，"他说，"我拉你站起来吧。"

"好孩子，赫克托！"叶布斯利先生喊道。

赫克托当然不是真心要帮助哈里森站起来，等老师一转头，他就将"咬人"的皮筋对准了哈里森的左耳垂。

"噢！"哈里森疼得大叫，手不由得松开了"黑洞"的绳子。

"非常感谢。"赫克托一把抓住了绳子，欣赏着他的新玩具，"你们谁知道它怎么玩儿？"他伸出一根短粗的手指，问两个大个子男孩。

"别碰它！"哈里森脱口而出，"它不是真的气球，是一个黑洞！它会把你吞进去，那样你就再也出不来了！"

"算了吧，爱肝小子。"赫克托吼道，"我可不会上你的当……"

他的话只说到这儿。就在那一瞬间，赫克托·布鲁姆碰到了黑洞的边缘——他立刻被吞了进去，就像一个头朝下跌进开着盖的下水道的孩子。前一刻他还在那儿，下一刻就只看到他的鞋底慢慢地消失在眼前。

## 第六章 "黑洞"带来的内疚

"赫克托·布鲁姆？"下午课前点名时巴洛根小姐叫道。

没人回答。

"有人见过赫克托吗？"巴洛根小姐望着赫克托·布鲁姆空着的桌子问。

哈里森心虚地偷偷瞄了一眼飘浮在身旁的"黑洞"。如果说有什么不同的话，它现在比雪莉给他的时候要稍大一些。他在想，是不是应该告诉巴洛根小姐呢。但是，即使说了，又有谁会相信赫克托消失在"黑洞"里了呢？

"没人见过吗?"巴洛根小姐说,"好吧,也许他回家了。我一会儿去学校秘书那儿核实一下。不管赫克托是怎么回事儿,我们最好再找一名小帮手。哈里森,今天早上你错过游泳了,你愿意来帮我吗?"

哈里森忍不住咧开嘴笑了。他一直都愿意做小帮手啊!

"哦,我愿意。"哈里森说着,走到教室的最前面。巴洛根小姐从桌子上拿起了小帮手帽,给他戴在头上,大小正合适。

"那好,开始吧,请你去橱柜里把大家的地理课本拿来,好吗?我们要准备学习废物管理,然后再对这课进行一个小测验。"

"哦!"全班发出不满的声音。地理不是他们特别喜欢的学科。

"也许大家更想学法语,那就换换?"巴洛根小姐问道,她很清楚法语是唯一一门比地理更不受欢迎的科目。

"地理!"孩子们喊道。

"那就学地理吧。"巴洛根小姐说着,把橱柜的钥匙递给了哈里森。

"可是……"哈里森说,"可是……"

他开始感到焦虑不安,他讨厌测验!

"怎么了,哈里森?"巴洛根小姐问。

"我,我……"哈里森结结巴巴,竭尽全力保持冷静。

他想大喊:"**我不想做测验!**"还想喊:"**你自己去拿书吧!**"但他知道如果这么做了,自己就会陷入无尽的麻烦之中。

这时,他看到了"黑洞"从课桌后面偷偷地看着他。

当然!他不用再发脾气了!他可以借用"黑洞"来发泄!

"**我现在就去给您拿书!**"他的声音很大,有点儿近乎喊叫,因为他心里还是很生气。

"好。"巴洛根小姐说,"谢谢。"

哈里森尽可能冷静地走过他的课桌,他确保要带上"黑洞",然后才去到走廊的橱柜那里。

几秒钟后,他回来了。

"嗯，巴洛根小姐？"他说。

"怎么了？"她回应。

"所有的书都没了。柜子里只有棋盘游戏。"

"什么？"巴洛根小姐问，然后和哈里森一起去查看。

果然，柜子里的每一层都是空的。不仅没有地理课本，而且所有其他的书也都不见了！剩下的只有一堆棋盘游戏，这些是为放假前的最后一天准备的。

"这太奇怪了，"巴洛根小姐说，"我敢肯定昨天这些书就在这儿。"她皱起了眉头，先是游泳池的水消失了，现在是课本。她觉得自己需要静静躺一阵子才能接受这些奇怪的事儿。

"这真是一个谜。"哈里森说。他使劲儿绷着不笑，也没看一眼他的"黑洞"，以防露馅儿。他心里当然乐开了花！他不再需要发脾气就能随心所欲！这真是太棒了！

"大家请注意。"巴洛根小姐回到教室说，"我们所有的书似乎都……都不见了，所以我得去办公室查找它们的下落，还得去问问赫克托的事儿，你们先玩这些棋吧。"

她举起了一堆棋盘游戏，孩子们都欢呼雀跃起来！

## 第六章 "黑洞"带来的内疚

那天下午是哈里森一生中最美好的时光之一，可以与参观科学博物馆和访问野生动物园相提并论。到下午课间休息时，班上的所有孩子都非常感激哈里森，因为是他设法使所有的教科书都"丢失"了，他们一整个下午都不用学习了，班里的每个人都把饼干给了哈里森作为感谢。

加上作为小帮手多得的一块，哈里森拿到了几乎一整包的饼干！他不得不多要了一杯牛奶，才把饼干全部吃完。当然更棒的是，没有赫克托把他推来推去或用那恶毒的橡皮筋威胁他，来毁掉这一切。

放学后，在和妈妈、拉娜一起回家的路上，哈里森意识到从今以后他不必再忍受让他发怒、害怕或担心的任何事情了，因为他可以让他不喜欢的任何东西都消失在"黑洞"中——哇！这真是太棒了！

哈里森完全沉浸在让世界上所有"坏东西"都消失的快活念头中，以至根本没有注意到自己已经在妈妈和拉娜的后面落下了好远，当哈德威克先生拍他的肩膀时，好一会儿他才回到现实中来。

"你有见过它吗，哈里森？"哈德威克先生问。他手里拿着一张传单，上面印着阿蓝的照片，还写着：

> # 寻狗启事
>
> 请帮助我们寻找爱狗阿蓝！
> 我们非常想念它。
>
> 有任何消息，
> 请您联系哈德威克先生和夫人，
> 地址：法兴小屋，
>
> 必有重谢。

"我要把启事贴到路边所有的树干和村里所有的灯柱上。"哈德威克先生解释说，"我知道阿蓝就在不远的什么地方。"他的眼睛红了，似乎刚哭过。哈里森突然为他感到很难过。

哈里森感到一阵内疚,他一直都觉得阿蓝看上去很吓人,这让他从来没有认真想过哈德威克夫妇是多么喜欢这条狗。也许他应该告诉哈德威克先生真相?毕竟,让阿蓝消失在"黑洞"里并不是他的本意,而是一个意外。

哈里森深深地吸了一口气,现在该告诉哈德威克先生到底发生什么事了。

"嗯……"哈里森说,他努力想找到适合的词语来表达,"哈德威克先生?"

"你见过阿蓝!"哈德威克先生喊道,"哈里森,你见过?是吗?"

"好吧……你看……它在这里面。"哈里森指着绳子绑在手腕上的"黑洞"说。

"在气球里?"哈德威克先生看上去很困惑。

"实际上这不是气球,"哈里森解释说,"这是一个黑洞。是在一次生日聚会上有人给我的。"

哈德威克先生看上去更加困惑了。他朝"黑洞"走近一步,仔细观察它。

"别碰它!"哈里森喊道,"要不你就会被吸进去的。"

"好的。"哈德威克先生说,很明显,他根本不知道哈里森在说什么。

哈里森又深吸了一口气。

他说:"趁我没注意到的时候,阿蓝跳了进去,然后它都没出来过。"

经过了很长一段时间的沉默,哈里森在等着哈德威克先生对他发火和吼叫。但是并没有,他发现哈德威克先生的眼睛里满是泪水。

"谢谢你,哈里森,"他说,"我把阿蓝放在这儿,在我心里。而你……"他抚摸着哈里森的头发,"你可以把阿蓝放在你的气球里。"

"那不是我真正的意思。"哈里森说。

"对不起,"哈德威克先生说,"我的意思是:你可以让它留在你的黑洞里。"

说完,他带着启事艰难地向山下走去。这真的让哈里森感到非常内疚。

哈里森沿着小路往上走,他回头望了一眼哈德威克家房子前的花园。阿蓝通常会在那里,透过篱笆的空隙狂叫。一旦什么东西掉进"黑洞",就永远无法逃脱,这是真的吗?那意味着阿蓝是真的永远消失了吗?

那天晚上,哈里森感到更内疚了。因为当他们正在吃晚饭时——拉娜津津有味地大口吃着腌火腿和豌豆,哈里森把他的那份扔进"黑洞",电话响了。

"真的吗?"哈里森的爸爸问电话另一头的人,"我问问他,您等一下。"

他把手盖在话筒上。

"哈里森?"

哈里森抬起头,睁大眼睛。一时间,他以为爸爸发现他把食物扔了。

"是赫克托的妈妈。她说赫克托放学没有回家,现在大家都在四处找他。你看见他了吗?"

哈里森看了看他的"黑洞",然后转向爸爸。

"见过吗?"爸爸问。哈里森不想撒谎,但是他太害怕了,不敢说实话。而且他之前向哈德威克先生说实话的时候,哈德威克先生也没有相信他。"午餐之后就没见过他了。"他最终说道。这不完全是谎言,但也不完全是事实。

哈里森低下头看着空空的盘子。拥有一个"黑洞"非常实用,而且很好玩儿,但是事实证明,使东西消失并不像他想的那么简单……

## 第七章　雪莉的奶奶

那天晚上,哈里森想尽快入睡,可是根本睡不着。当他终于睡着后,他做了一个可怕的噩梦。梦里,他走过某处修路工地,一条黑白色的狗突然出现,朝他扑过去,狗的脸竟然和赫克托的一模一样。他一闪躲,那条狗从他头上飞过,掉进了水泥搅拌机里。当人们把狗捞出来的时候,水泥凝固了,凝结住了它毛茸茸的身体,只剩下赫克托的脸露在外面。他的妈妈不得不用吸管喂他,直到兽医带着凿子赶来……

哈里森从噩梦中惊醒。就像前一天晚上一样,"黑洞"绑在床尾。现在它已经吞掉了一个游泳池的水、赫克托、一整柜的教科书和哈里森讨厌的所有食物，因此它比以往任何时候都大。当哈里森躺在床上，看着它时，想着被水泥包裹的可怜的阿蓝，他的头脑一下子清醒了。他知道自己该做什么了：他必须去雪莉的奶奶家，找到雪莉，问她如何把阿蓝和赫克托弄回来。

哈里森急匆匆地穿上衣服，解开"黑洞"，踮起脚尖，走到楼梯口。爸妈卧室的门还关着，他们肯定还在睡觉。这是一件好事，他想。不然，他们看到他这么早就溜出门去，可能会问他一些很棘手的问题。

溜到楼下，哈里森找了一支铅笔和一张纸，写道：

> 亲爱的爸爸妈妈
> 我出去散步了，没什么原因。
> 我绝对不是去雪莉的奶奶家。
>
> 爱你们的哈里森

## 第七章 雪莉的奶奶

哈里森写完后很满意,他把纸条折起来,放到了厨房餐桌的中央,以确保父母能看到它。哈里森独自出门是违反家里规定的,但是如果在父母醒来之前就回来,那他们都不必知道;而万一他们醒来发现他不见了,哈里森觉得,这张纸条会让他们放心点儿。

哈里森把外套从衣架上拿下来,把脚蹬进长筒雨靴,最后把"黑洞"绑在自己的左手腕上,走进了清晨寒冷的空气中。

路上空无一人。哈里森惊恐地看到每棵树上都贴着哈德威克先生的寻狗启事。无论他看向哪儿,阿蓝的脸都在盯着他。他比先前感到更内疚了。他匆匆下了山,来到学校对面的一间歪歪斜斜的小屋前。

这是雪莉的奶奶家。哈里森打开了饱经风雨侵蚀的院门,"咔嚓咔嚓"地走过碎石小路,来到房子的紫色大门前,踮起脚尖,才够到黄铜门环,他轻叩了一下。

没人应声,他再次敲了敲门,发现所有的窗帘都是拉上的。

"雪莉!"哈里森通过信箱口朝里喊,同时注意到了信箱上装饰着一条正在吞咬自己尾巴的蛇。

"雪莉!"还是没人应答。

就当他要离开时,楼上的一扇窗户打开了,雪莉的奶奶从窗帘后面探出头来。

"嘘!"她大声说,"你不知道现在几点吗?"哈里森觉得她的嗓门儿挺大,却在要求自己小点儿声。

哈里森说:"我没法'嘘',我要和雪莉说话。"

"她不在家。"

"她在哪里?"哈里森问。

老太太看了看她三只手表当中的一只,说:"可能在横跨大西洋一半的什么地方。"

"这可是紧急情况,"哈里森举起"黑洞"说,"发生了可怕的事情!"

雪莉的奶奶皱了皱眉:"那你最好进来说。"

故事的发展最好是这样:过了几秒钟,前门就打开了,雪莉的奶奶和哈里森继续他们的对话。但事与愿违,过了很长一段时间,什么都没有发生。屋子里没有了声音,哈里森除了等待,还是等待。一名邮递员推着装

## 第七章 雪莉的奶奶

有一袋邮件的手推车走了过去，一个女人牵着狗走了过去……太阳越来越热，哈里森后悔穿了外套。

当他开始怀疑雪莉的奶奶是否彻底把他忘了的时候，才听到门里面传来"嘀嗒"声和"呜呜"声。他从门上的信箱口望进去，只能辨认出坐在缓慢下楼梯的升降椅上的雪莉奶奶的一双脚。当别人看不见你，你却盯着他们时，这总是让人感觉有些奇怪，因此哈里森关上了信箱，耐心地等着门打开。

门没有开。邮递员正在沿着街道的另一边送信，那个女人也带着狗走回来了，哈里森脱下了外套。他又从信箱口朝里面看了一眼。老太太的脚挪动了几步，但仍然是非常缓慢地在走廊里挪动。就在哈里森想他是不是应该午饭以后再回来时，门开了。

如果说哈里森觉得门上的信箱非同寻常，那房子里面就更怪异了。首先，所有的窗帘都拉上了，唯一的光亮是老式的油灯发出来的。而且，从各个方向都传来钟表的"嘀嗒"声。哈里森跟着老太太沿着走廊来到客厅，发现墙上、架子上、桌面上和壁龛里，到处都是各式各样的钟表：数字钟、发条钟、摆式挂钟、床头钟、马车钟、布谷鸟钟、闹钟、老爷钟和海事钟，它们都不耐烦地发出"嘀嗒"声和"呜呜"声。

雪莉的奶奶指着一个搁脚凳说："坐吧。"

"谢谢。"哈里森说，"为什么你有那么多钟？"他坐在凳子边上，小心地抓住"黑洞"，以防它意外吞下了不该吞下的东西。

"嗯，你看，我有一个非常重要的约会，我不想错过。"雪莉的奶奶一边说，一边拖着脚步朝扶手椅走过去，僵直地坐下。

"什么样的约会呢？"哈里森问。

"与命运的约会。"老太太神秘地说，"现在，说说你的'黑洞'有什么问题吧？"她显然是想换个话题。

"是的，"哈里森说，"有人被吸进去了。我得知道有什么办法能把他们弄出来。"

"谁？谁进去了？"

"阿蓝，它是我邻居家的狗。还有我们班一个叫赫克托·布鲁姆的男孩。所以，我真的需要雪莉的帮助。她什么时候回来？"

时钟似乎"嘀嗒"得更响了，好像在强调之后会有一段长长的沉默。

"也许永远不回来了。"老太太说，"她去了南美，去了有超大型望远镜的智利。望远镜在一座山顶上，那儿有地球上最明亮、最晴朗无云的天空。"

"可是，雪莉不在的话，我怎么才能把赫克托·布鲁姆和阿蓝弄出来呢？"

"关于黑洞，你必须了解三点。"老太太声明，"第一点，黑洞是黑的。"

"对。"哈里森点头。这是显而易见的。

"第二点，任何东西碰到黑洞都会被它吞进去。"

"是的。"哈里森说。他已经亲眼见过这个效果了。

"然后，第三点，"老太太继续说道，"一旦进去，就永远出不来了，除非……"

"除非什么？"哈里森问。

老太太沉默了好一会儿，仿佛正在决定是否可以信任哈里森，说出她最深的秘密之一。

最后她说:"我想你最好还是跟我来吧。"

哈里森帮她站起来,扶着她走。这个过程几乎花掉了他们会面的所有时间,这里我就不给你详述了——因为并不美好,还包括非常尴尬的时刻,比如哈里森的头被老太太用作拐杖;还有不知怎么搞的,她跌坐在倒在地板上的哈里森的身上。但是,最终,靠着运气、坚持和蛮力,他们一起离开了客厅,回到了走廊,朝着一扇绿色的大门走去。

## 第八章　扔掉"黑洞"

雪莉的奶奶说："这是我终身的工作。"

绿色的门打开了，哈里森兴奋地睁大了眼睛。完全出乎他的意料，那是一个巨大的实验室！靠墙的搁架上挤满了玻璃管和烧瓶，奇怪的混合物在瓶中冒着泡。巨大的金属星星从天花板上悬挂下来，火花在星星之间飞舞。所有这些奇特的东西当中，有一台外观最为奇特的机器。

这个机器的主要部件是个巨大的黄铜环，大得可以开过去一辆小汽车。围绕着铜环的是二十几台巨型激光器，明亮的蓝色光束聚焦在环的中心，发出一种脉动的白光。这些激光器周围缠满了绕在一起的线路、钢管和泵。这整套疯狂的装置坐落在一个巨大的圆形平台上，平台通过一系列的齿轮、滑轮，和一辆旧自行车连在一起。

哈里森惊讶地看着雪莉的奶奶。

"那是做什么的？"他问。

"制作黑洞的机器。"雪莉的奶奶说，"至少，我希望它是。我的技术还不够完善。"

"我不明白了。"哈里森说，"雪莉给了我这个'黑洞'，所以，她肯定知道怎么制作黑洞。你为什么不让她教你？"

"问得好，"老太太灿烂地笑着说，"但是，那恐怕行不通。我只能完全靠自己去发现。我们暂且不说机器，先回到基本原理上。"她指着一个摆在工作台上的彩色地球仪，"你知道这是什么吗？"

哈里森点点头："这是地球。"

"完全正确。你和我在这里，在英格兰，而这里——"雪莉的奶奶转动地球仪，说，"横跨大西洋，是阿塔卡马沙漠，雪莉很快就会到那儿。现在，我们都被固定在地球上，不是吗？"

"是吗？"哈里森问，不由得查看了一下自己的鞋底。

"是的，"雪莉的奶奶说，"由于地球引力。人们可以从地上跳起来一点儿，但不能完全脱离地球。你知道什么东西可以离开地球吗？"

"是火箭吗？"哈里森试着回答。

"对。火箭有足够强大的能量，可以飞出地球。还有什么？"

哈里森耸了耸肩。除了火箭，还有什么可以脱离地球呢？

"我给你看。"雪莉的奶奶在长凳下摸着，"开关应该在这儿附近。"

"……啊，在这儿！"

灯光变暗，地球仪上所有城市都亮了起来。

"你现在看到什么？"她问。

"光？"

"对极了。光是另一种能够脱离地球的东西。所以，我再问你一个问题。"

哈里森做出全神贯注准备回答问题的样子。

"如果光无法脱离地球,地球会是什么样?"

"嗯——"哈里森思考着。

"那看起来就像这样,"雪莉的奶奶说着,慢慢地挪到另一个令人恐怖的地球仪边上,它的表面完全是黑色的,"一个黑洞。"她的手滑过光滑的黑色表面,"里面所有的东西都坍缩成一个小点。你看到的边缘部分叫作事件视界。没有任何东西跨越视界以后,还可以再返回。除非……"

"除非什么?"哈里森问,心中升起了希望。

"除非你用黑洞做时间旅行。"

哈里森说:"对——呀!"其实他并不真正理解老太太的话,还开始觉得她可能精神有点儿不正常。

"我想你没有听说过爱因斯坦-罗森桥吧?"老太太问。

哈里森摇了摇头。"我听说过塔桥,"他试着说,"在伦敦。"

"的确是,"老太太说,"嗯,爱因斯坦-罗森桥和它

"你看到的边缘部分叫作事件视界。
没有任何东西跨越视界以后,还可以再返回。"

很相似,只是它让你从一个时间到另一个时间,而不是从一个地方到另一个地方。有人称它为虫洞,但我对这个称呼不以为然。"

"听着挺恶心的,"哈里森说,"就像里面充满了黏液。"

"正是,"老太太说,"然而爱因斯坦-罗森桥却是一个美妙的事物。"

"那么你怎么把黑洞变成海因茨-肉松桥?"哈里森问。

"是爱因斯坦-罗森桥。这就是问题。"老太太说,她的眼睛在黑暗中闪闪发光,"我压根儿就不知道怎样把黑洞变成它。"

那天晚上,哈里森躺在床上试图入睡时,做出了决定——得把"黑洞"扔掉。尽管"黑洞"看上去很酷,是一个藏煮过了头的蔬菜的好地方,但几乎可以肯定的是,它就像是大人们称为一个健康又安全的"噩梦"一样的存

## 第八章 扔掉"黑洞"

在。虽然它曾经很好玩儿,但是现在一切都变得有点儿严重失控了。

对,是扔掉它的时候了。哈里森等屋子里的其他人都睡着了,就穿上浴袍和拖鞋,把"黑洞"从床尾上解下来,踮起脚下了楼。他推测,如果运气好的话,黑洞看起来就像是一个被扔掉的聚会气球,会被当作垃圾运走。

外面,天空中布满乌云,高处的云缓慢地飘过满月,而低处的则朝完全相反方向的地平线飞去。一场暴风雨就要来了,桑树的叶子不停地抖动着。哈里森悄悄地走到了前院花园的尽头,那处没有屋顶的棚子下,就是被父亲称作"桶宫"的地方,那里存放着所有的垃圾桶。一束月光照射在地面上,在草坪上投下了哈里森和"黑洞"清晰的阴影。再次查实没有人看着后,哈里森把"黑洞"绑在了黑色大垃圾桶的把手上。他几乎可以确定,那个绿色的大垃圾桶是用来装花园废物的。

他再次查看了路上,第三次确保没有任何人看到自己,然后就关上了"桶宫"的门,裹紧浴袍,赶紧溜回屋子里。

前门刚刚关上，大风突起，吹得垃圾桶嘎嘎作响。一张纸巾从回收桶里吹了出来，飞向夜空，就像一个天使被召回了天堂；装满纸板的蓝色塑料袋撞上了一个白色大帆布袋，其力道把里面的塑料牛奶瓶全抛到了路面上；绿色大垃圾桶的盖子被风掀开，草屑像五彩纸屑一样随风飘扬；最后，黑色垃圾桶也颤抖起来，就好像得了夏天的感冒。"黑洞"被大风吹起，绳子被拉紧了，哈里森系在桶上的那个绳结，慢慢地开始松动……

## 第九章　房子消失了

第二天早上,哈里森感到一切都恢复了正常,这让他大大松了一口气。昨晚他睡得很香,没有再充满焦虑地梦到赫克托和阿蓝,"黑洞"也不再绑在他的床尾。

但是,当他到厨房准备吃早餐时,竟没见到爸爸妈妈和妹妹的踪影,这绝对是不正常的。

哈里森想,也许是他们睡过头了。

他爬上楼梯到他们的卧室查看。他看到拉娜睡得正香,但是父母的床是空的。他们去哪儿了呢?

哈里森返回楼下,这一次他注意到前门开着一条缝。

他穿上鞋子出去查看。

看到妈妈和爸爸站在前院花园里，望着篱笆外边，他松了一口气。但不光是他们俩，街区里的所有邻居也都在外面，他们正兴奋地议论着，指着什么看不见的东西。

哈里森走过去看看发生了什么事情，当他来到大人们的身边时，简直不敢相信自己的眼睛。

哈德威克的房子完全消失了！

所有的东西，墙壁、屋顶、窗户……全没了！唯一剩下的是地板：厨房里灰与白方格的地板革，前面房间里的芥末色地毯和放在后门口的已磨损的脚垫。好吧，其实家具中还有一件幸存：楼下的马桶。它被螺栓固定在一块褪了色的粉红色地毯中间。就在那儿，在这一切的正当中，飘浮着"黑洞"，过了一晚，它已经是之前的两倍大了。

哈里森倒吸了一口凉气。

农夫克里斯说："我听说过在暴风雨中，有屋顶被掀了，或是窗户打破了的例子。但从来没有遇见过像这样的

## 第九章 房子消失了

情况。"

住在布谷鸟小屋的金妮说："这个房子的墙是用结实的石头盖的，世界上没有风可以把它们吹跑。"

"那不是你的气球吗，哈里森？"爸爸问，"怎么会在那儿？"

"嗯……"哈里森说，他不知道如何向爸爸解释这一切。这就像一场噩梦。他的"黑洞"一定被风从黑色垃圾桶上吹跑了，碰到了小屋，把屋子连同哈德威克一家都吞进去了。他必须把它拿回来，否则它很有可能会吞掉一整条街！

"也许……"哈里森的妈妈开始说话了，所有人都转过头来看着她，"也许他们搬走了，连同房子，就在昨天夜里。"

"把房子也搬走了？"克里斯问。

"是啊，"妈妈说，听起来她自己都没底气，"一块石头一块石头地拆了。我听说有人这样做，如果他们真的喜欢一栋房子，并且有足够多的钱的话。也许哈德威克是个古怪的百万富翁，我们只是不知道罢了。"

大家都不说话了。古怪的百万富翁搬走整栋小屋似乎不太可能,但没有人能想出其他更合理的解释。

哈里森悄悄地沿着花园小径,朝门口走去。

克里斯说:"真正奇怪的是,哪儿都没有任何痕迹。没有一块石头、一块木片,也没有一块石板。好像小屋是整个儿彻底消失了一样。"

哈里森走向哈德威克家的花园,突然听到爸爸说:"哈里森?你在做什么?"他不得不停了下来。

"什么都没做。"哈里森回答。

"别说什么都没做。你显然正准备去做什么。"爸爸说。

"我要去拿气球。"哈里森装出很无辜的样子。

风又刮起来了,"黑洞"开始飘荡。

爸爸说:"你最好别管它了。说不定是有人绑架了哈德威克一家,偷走了他们的房子,你四处乱逛太危险了。而且警察肯定会来提取指纹,我们不应该靠近,必须保护现场。"

哈里森争辩道:"但是我需要它!"

"别犯傻。"爸爸说,"没人需要气球。人们需要汽车、

## 第九章 房子消失了

膝盖手术、盛意大利面条用的漏勺……没人需要气球。"

哈里森脑子转得飞快，他说："我要带气球去学校参加'展示和讲述'活动。"他把手放在背后，再次做了个交叉手指的动作，心里默默祈祷爸爸不要识破他的谎话。

"'展示和讲述'？不是只在欢迎会的时候举行吗？"妈妈问。

"这次是面向全校的，是个特别场。"哈里森继续编谎话。

哈里森用眼角的余光看见"黑洞"在移动，它穿过哈德威克的花园移向篱笆。哈里森必须要在它再次造成破坏之前抓住绳子！

庆幸的是，就在那一刻，一辆消防车鸣着警笛开过来了，停在了哈德威克小屋的外面——更确切地说，停在了哈德威克小屋原址的外面。两名红脸膛的消防员从驾驶室里下来，所有大人赶紧围过去告诉他们发生了什么事。哈里森抓住这一机会，以最快的速度跑去追赶"黑洞"，但是，就在他的手要够到"黑洞"的绳子时，一阵旋风平地而起，把"黑洞"吹向了高处！

哈里森惊恐地看着"黑洞"越过篱笆，飞了起来，它直对的方向是妹妹拉娜的卧室！

毫不迟疑，哈里森飞奔过花园，冲进开着的前门，跑上楼梯。他从浴室里抓起脚凳，直奔妹妹的房间，把脚凳放在开着的天窗下面。通过打开的窗户，哈里森可以看到"黑洞"的绳子正扭动着，就像活的一样。

他试图抓住"黑洞"的绳子，可是，尽管有凳子，他还是太矮了，够不着。他灵机一动，跳下来，抓起拉娜所有的故事书，把它们摞在脚凳上。然后，他爬上脚凳，站在书上面，这让他更接近了一点儿，但仍然够不到绳子。

"唉！"他沮丧地喊着。

尽管外面的吵闹声不断，拉娜却到这一刻才醒来。她翻了个身，揉了揉眼睛。"你干什么呢？"她问道，在床上坐了起来。

"想办法防止我们被活活吞掉！"哈里森说。

"你想玩'搞卫生'吗？"拉娜问道，她根本不明白情况的严重性。"搞卫生"是她最喜欢的游戏。她有一个带水桶、拖把和鸡毛掸子的玩具小清洁车，和一个只属于

## 第九章 房子消失了

她自己的玩具海绵拖把。

"现在不行！我们就要消失了！"哈里森答道，跑到自己的卧室，"在哪儿呢？在哪儿呢？"他一边自言自语，一边把玩具一件接一件地从床底下扔出来。

"啊哈！找到了！"他喊着，胜利地举起机器爪。

他跑回拉娜的房间，再次爬上凳子。他现在所需要做的就是用机器爪抓住绳子。但即使这么一个小动作，做起来也不容易。"黑洞"随风晃动，它的绳子像风筝的尾巴一样飘在后面。

"你是要清洁窗户吗？"拉娜问道，向哈里森递上水桶。她一点儿忙也帮不上。

"拉娜！"哈里森喊道，一边沮丧地低头看着她。突然，他感到手中的机器爪猛地一震，好像被一股强大的力量抓住了。哈里森抬头一看，机器爪的指尖碰到了"黑洞"！

"拉娜！帮帮我！"哈里森大喊，他感到不仅要失去机器爪，而且也要失去自己了。他以为拉娜看到他处于危险之中，会抱住他的双腿，但相反地，毫无察觉的小妹妹反而用玩具鸡毛掸子弄痒了他的右膝盖。

"我被吸进去了!"哈里森喊道。

拉娜将注意力转向了哥哥的左膝盖,然而哥哥的脚开始离开凳子了!

哈里森盯着"黑洞"看。他仿佛看到一条隧道,时间和空间在他周围如旋涡一般旋转。前方,那是阿蓝在不断地翻跟斗吗?那是哈德威克家的房子就像毛衣在烘干机滚桶中翻滚吗?这时,哈里森被一种可怕的好奇心抓住:如果他不放手会怎样?百分之百的真实的黑洞里面会是什么样子呢?

他看到自己紧握机器爪把柄的手指关节变白了……

他放开了手。

在接下来神奇的几秒钟里,他似乎定格在半空中,仿佛"黑洞"正在决定是把他吞下去呢,还是把他吐出来……

然后"吧唧"一声,他摔到地上。

拉娜帮了大忙啦——她把玩具水桶扣在了哥哥的头上。

"拉娜！帮帮我！"哈里森大喊，他感到不仅要失去机器爪，
而且也要失去自己了。

"我饿了，"她说，"我要吃烤面包。"

哈里森取下头上的水桶，通过敞开的天窗看着"黑洞"。冻结在"黑洞"表面的机器爪正从视线中逐渐消失。真悬啊，万分侥幸！现在，他该怎么办呢？他总不能让"黑洞"在外面自由盘旋。

哈里森的目光落在了拉娜的海绵拖把上。

那也许会管用。他可以用这个拖把抓住绳子！

他回到脚凳上，把拖把伸出天窗，握住拖把的把手操作着，看着顶端的海绵贴近"黑洞"的绳子。

哈里森小心翼翼地把"黑洞"拉进开着的天窗，同时注意不让它碰到窗框。然后，他把拖把的海绵一头拉向自己，两手倒换着，直到他牢牢抓住了绳子。

哈里森大大松了一口气。

但当他意识到必须要做什么时，他的心再次沉下来——是时候向父母坦白了。

## 第十章 坦白

"赫克托在哪里?"哈里森的爸爸问。

"在这里。"哈里森指着他的"黑洞"说。

"在你的气球里?"

"这不是气球。"哈里森说,感觉就像说了一百遍,"这是一个'黑洞'。"

要说清楚真相确实是相当困难的,无论是他的爸爸还是妈妈似乎都无法理解他说的话。

哈里森的父母互相望着对方。

妈妈说:"哈里森,赫克托失踪了,你跟我们说谎没有一点儿用处。"

"我没有说谎!"哈里森说,他开始感到沮丧,"他就在那里面,阿蓝也在里面,还有我们所有的教科书、一些西蓝花和大象埃尔蒙德。"

"谁是大象埃尔蒙德?"爸爸问,看上去比之前更困惑了。

"啧啧,"妈妈说,"哈里森的一个毛绒玩具。"

"哦,对。"爸爸点头。好像他一直都知道,其实他根本就不知道。

"让我想想,还有昨晚的腌火腿,昨天学校的午餐、自行车棚和浅水游泳池里的水。"

半天没人吭声。妈妈的嘴巴开合了好几次,但什么也没说出来。然后,爸爸笑了一下,接着又笑出声来。

"对不起,"他说,努力绷住脸,"你说的自行车棚和游泳池不禁让我琢磨了一会儿。"

"是我干的。"哈里森说。

"别犯傻了。"妈妈笑着说。

"我没犯傻!"哈里森说,"如果不信,你就扔东西试试，看看结果！"

爸爸说："你不可能拥有一个黑洞。"

"能！"哈里森大叫，"我就是有一个！"

"现在，说真的吧——"妈妈开始说。

"呃啊啊啊啊！"哈里森喊叫道。

"哦，哦，"爸爸退后一步，"红色警报！"

**"啊啊啊嗷！……"** 哈里森吼叫着，**"我最讨厌你这么说了！"**

哈里森气坏了，不知道自己在做什么，他围绕着自己挥动起"黑洞"来，越来越快。

"哈里森！冷静点！"爸爸叫。

"快说真话吧！"妈妈喊道。

"哎哟嗷！"哈里森气得直哭。

他开始旋转，一圈又一圈，结果他所看到的只是"黑洞"，"黑洞"后面的一切东西都变得模糊不清了。

他尖叫道：**"为什么就没有人相信我？！！"**

但是无人回答。

哈里森开始感到头晕，接着是恶心。然后他停止了旋转。

眼前晃动的厨房最终又清楚了：拉娜坐在厨房的桌子旁，用紫色蜡笔给独角兽的尾巴涂色。她的鸡蛋在炉子上煮着。

"黑洞"在他的头顶上方摇摆。

换句话说，一切都和以前一模一样。

除了——

爸爸妈妈不见了。

无影无踪。

"我饿了。"拉娜画着画，抬起头说。

哈里森记得曾经有一次，在一家百货商店里，他想要一个玩具，知道不能买时，他很生气，大发脾气，但爸爸妈妈没有责备他，也没有想办法让他冷静下来，他们只是藏到一个挂满大衣的架子后面。哈里森想，也许他们现在正藏在什么地方。

可是当他查看了橱柜里、桌子下面、厨房其他任何可能藏人的地方，还是不见父母的踪影时，一个令人焦虑不安的念头潜入他的脑海，他竭尽全力不去想它。

## 第十章 坦白

"爸爸去哪儿了？"拉娜问。

"哪儿都没去，"哈里森回答，"我的意思是……也许他在什么地方，但不在这儿。"

"和妈妈在一起？"

"是的。"哈里森低声应道。这不能算是个回答，但是他的脑子晕乎乎的，说出的话只能是这样了。难道是他在大发脾气的时候，爸爸妈妈被卷进"黑洞"里去了吗？

"鸡蛋蛋！"拉娜喊道。

"好吧。"哈里森说，心里冒出又一个令人烦恼不安的念头——如果爸爸和妈妈都在"黑洞"里，那是不是意味着他现在要承担起家里全部的责任？

"鸡蛋蛋！"拉娜重复道。

"魔法词汇怎么说？"哈里森问。

"鸡蛋蛋！"拉娜喊得加倍响亮了。

"应该说'请'。"哈里森纠正道。当他说这话时，他突然意识到为什么爸爸妈妈总是对他说同样的话了。毕竟，当有人不礼貌地命令你做这做那时，这感觉真不大好。

"请——"拉娜说着,那语调就像在说,"哦,别烦我!"

哈里森决定让妹妹安静下来,唯一的办法就是给她弄些吃的,这样他才能做下一步打算。但是喂一个三岁的孩子做起来可比看起来困难多了。哈里森好不容易把鸡蛋放到拉娜的盘子上,她就马上要求把蛋的顶端切掉;刚把鸡蛋吹凉到合适的温度,她就立刻要求在上面撒盐;刚找到一个能让她坐得刚刚好高度的坐垫,她就又想要一杯水。早餐结束时,哈里森已经筋疲力尽了。

这是爸爸妈妈每天要经历的吗?难怪他们一直在抱怨。

突然,哈里森发觉自己非常想念他们。没有他们,他该怎么办?

如果爸爸不在身边,在他醒来感到饿时,谁会给他一片烤面包和花生酱?没有妈妈,谁会在晚上哄他睡觉,给他读故事?

会不会一辈子都见不到他们了?

## 第十章 坦白

他感到喉咙发紧,眼睛因为泪水而发酸。

"别哭,哈里森。"拉娜说。

哈里森迅速擦干眼睛,这样妹妹就看不到他在哭。如果妹妹发现爸爸妈妈被困在了"黑洞"里,她真的会很伤心的。

不行。他必须把爸爸妈妈弄回来,无论要付出多大的代价。

## 第十一章 命运的约会

这就是为什么半个小时后,哈里森发现自己推着拉娜的玩具救护车,沿着碎石小路,来到了雪莉的奶奶家门前。拉娜坐在玩具救护车里握着方向盘,"黑洞"系在车顶上。

我不知道你有没有在碎石路上推过一辆玩具救护车,如果有,你就会知道这制造的噪声有多大了。那噪声大得让哈里森完全没听到从小屋里传出的奇特声响,直到他刚好站在了正门口。

他推开信箱口,向里张望。

屋里,每个钟都在响:数字钟、发条钟、摆式钟、床头钟、马车钟、布谷鸟钟、闹钟、老爷钟和海事钟,它们每一个都在使劲儿地发出自己的声音,震耳欲聋。在走廊的另一端,是雪莉的奶奶,她缓慢地挪动着,反复来回,喃喃自语。

"你好!"哈里森喊道。

"你好!"拉娜回应道。

哈里森向妹妹解释说:"我正在跟雪莉的奶奶说话。"

"我饿了。"拉娜回答,"我要吃饼干。"

哈里森将右胳膊伸进信箱口,挥着手。"雪莉的奶奶。是我,哈里森!"他大喊着。但这没用。钟表的响声太大了,老太太根本没办法听到他的声音。

哈里森感到胳膊肘内侧被什么东西刺了一下。好像是一根绳子,一端固定在门里,另一端是松动的。他拉了一下,竟把绳子拉了出来,绳子另一头拴着门钥匙!

哈里森犹豫了一下,他不想突然闯入吓坏老太太。但转念一想,如果不把爸爸妈妈救出"黑洞",他和拉娜就可能再也见不到他们了,他决定要冒这个险。于是,他

第十一章 命运的约会

从玩具救护车的顶上解开了"黑洞",把钥匙插入前门的锁孔,正合适!接下来他和拉娜就走进屋里的走廊了。

他完全不必担心吓着雪莉的奶奶。她正在凝神沉思,仿佛两个小孩子不请自来,偷偷溜进她的房子,对她来讲是世界上最自然不过的事情。哈里森只能站到她面前,挥动双臂,她这才意识到两个孩子的出现。

"我要找雪莉!"哈里森大声地说,试图让自己在一片钟表的嘈杂声中能够被听到。

"什么?"雪莉的奶奶回答,拢手放到耳边,"我听不见。"

"我说——"哈里森刚一开口,又立刻停下来。离他最近的那个闹钟——一个带有两个铃铛的老式床头钟,突然停止了闹铃声;接着,那个位于他头上的机械布谷鸟也闭上了嘴,安静下来,跳回钟里,关上了门;之后,三三两两、十几个、几十个,所有钟都安静下来,除了数字钟还在发出嘀嗒声。

有一会儿,他们几个都盯着那只钟,直到哈里森走上前去把它关掉。

"谢谢，"老太太说，"靠我自己可没办法轻易关掉它们。"

"我需要找到雪莉！"哈里森又喊了一声，但老太太将手指放在嘴唇上，示意他保持安静。

"不可能。"她说。

"我要饼干。"拉娜说，"要粉红的威化饼。"

"你能猜到吗？"老太太一边问道，一边难以置信地摇着头，"你能猜到这里正发生着什么吗？"

"不知道。"哈里森说，因为他确实不知道。

"到时候了。"老太太宣布道，"我和命运的约会！"

她推开了那扇绿色的门。大约过了十分钟，他们经历了相当一段时间的上气不接下气，中间还休息了一会儿才喘过气来，最终他们发现自己已经在她的实验室里了。

只有这一次，不再是一道跳动的白光，机器的中央是一个巨大的黑色圆盘。

"你做出了一个黑洞！"哈里森惊呼。

"实际上是三个。"老太太大口喘着气，自豪地说，"早餐前，我做了第一个，只可惜它不稳定。早餐后，我

## 第十一章 命运的约会

做了第二个,但是还不够大,我爬不进去。于是我又做了这一个!然后我不得不停下来,因为我得去做护送孩子过马路的工作,对了,那会儿我有注意到你们俩一直没出现。"

"对不起。"哈里森说。

"没关系。"雪莉的奶奶接着说,"现在正是最忙的时候。关键是,我做出了黑洞,还需要把它变成爱因斯坦-罗森桥,只是我仍然不知道怎么变!"

"但是——但是……你要去哪里呢?"哈里森问。

"未来!"老太太大声说,"那是任何人可以做任何事情的时代,年轻女孩想成为天文学家也可以!"

"但是你不能就这样离开!我需要你帮助我把父母带回来。"哈里森说,"我当时太生气了,然后像这样旋转!"他拉着"黑洞"演示着,小心翼翼地不要碰到拉娜或雪莉的奶奶——他不想让任何人掉进去!"然后,他们就被吸进里面去了!我必须把他们弄出来!"

"巧克力手指饼干?"拉娜说。

雪莉的奶奶说:"不可能!"

"求求你了！"哈里森恳求着。

"奥利奥饼干也行？"拉娜更热切地说。

雪莉的奶奶转身面向一块巨大的黑板，上面写满了看起来很复杂的数学运算。"我没有时间帮你！我只剩七分钟了！而且我还没有弄明白怎么把它变成爱因斯坦－罗森桥！"

她不断地揉搓着下巴，好像在试图找出一个非常难的问题的答案。然后她的目光看向了工作台，上面放着一盒饼干和茶具。

"这是加里波第饼干。"她对拉娜说。

"但是我该怎么办？"哈里森大喊。

突然，雪莉的奶奶惊呼道："等等！你说你旋转了吗？"

"什么？"哈里森问。

"当你的父母掉进'洞'里时，你说你在旋转吗？"

哈里森点点头。

"原来如此！"雪莉奶奶恍然大悟，眼里闪着胜利的泪光，"这就对了！黑洞应该旋转……"

她在黑板上写了一些详尽的数学算式。

## 第十一章 命运的约会

"对！"她喊道，"一个旋转的黑洞形成了爱因斯坦－罗森桥。"她查看了三只手表中的一只，"还有时间！"她对哈里森说，"快！我需要你骑这辆自行车，使劲儿蹬，越快越好！"

"不！"哈里森说，"你必须帮助我！"除非他找到雪莉，否则他不可能救出父母、阿蓝，甚至还有赫克托·布鲁姆，但是老太太根本不听他的！这些大人都怎么了？他怒火中烧，心跳加速。他真想大吵大闹，并且告诉雪莉的奶奶自己心中对她的真实想法，但是……

他没有。

相反，他深呼吸了一次，再深呼吸一次，又再一次。

然后，他用尽可能镇定的声音说："除非你先告诉我雪莉在哪儿，我才能帮你。没有她的话，恐怕我再也见不到我爸妈了，我真的很害怕。"

"好吧。"雪莉的奶奶翻了个白眼，递给哈里森一张明信片，上面印着一台天文望远镜，高高地矗立在一座山上，"雪莉就在这儿。"

哈里森拿到明信片，松了一口气。这个方法真有效：

保持冷静，明确直接地请求帮助，而不是大喊大叫，所以他现在知道该去哪儿找雪莉了。

"现在，我们可以开始了吧？我没时间了！"雪莉的奶奶呕着嘴说。她利索地把哈里森的"黑洞"绑在了拉娜够不到的一个地方，然后把他扶上自行车的座位。哈里森的脚刚能够到脚蹬子，他只好不坐车座站着蹬，将身体的重量都向前压，卖力地踩动着自行车。

## 第十一章 命运的约会

一个巨大的齿轮开始转动，整个机器运转起来，好像那个黑色地球仪的巨大翻版。

雪莉的奶奶大喊："快点儿！"紧接着，又指着一个表盘说，"再快点儿！"

哈里森竭尽全力蹬着。

"好！"雪莉的奶奶说，"现在保持这个速度，我需要验算一些东西……"

她在黑板上又做了一些计算。

"对。我需要以每小时68公里的速度撞上那个东西！祝我好运吧！"

哈里森期待她奔跑着跳进黑洞。但他忘记了，老太太当然不可能那么快地行动。他看见她缓缓爬上一辆轻便代步车，松开了刹车。

接下来的几分钟里有点无聊，因为什么都没有发生。哈里森继续蹬着自行车，拉娜一点儿一点儿地啃着饼干，雪莉的奶奶慢慢地朝她那旋转的黑洞移动。

哈里森正开始盘算，要保持这个速度，他还能坚持蹬多长时间，这时代步车的前轮胎碰到了黑洞的边缘，老太太以空前的速度射向她的目标,直到哈里森只能看见时间冻结状态下的后车轮。很快,它们消失不见了,雪莉的奶奶也消失了。

"我不喜欢加里波第饼干。"拉娜说,然后把吃了一半的饼干扔到黑洞里。

哈里森停止了蹬车。下一步他要做什么呢?

## 第十二章 救星来了——哥哥桑尼

雪莉的奶奶失踪后的那一会儿,哈里森感到非常失落和孤独。

他的父母已经消失在"黑洞"中了,现在,除了雪莉之外,唯一可以帮助他的大人也消失了。

当他从自行车座椅上爬下来时,他的眼睛里又泛起了泪水,这是他这天第二次哭了。

"走了。"拉娜指着巨大的黑洞说。

"是的。"哈里森回答。

拉娜看上去很担心。

"别担心,拉娜,"他说,听起来比他的真实感受有信心多了,"一切都会好起来的。"

他低头看着雪莉的奶奶给他的明信片,再翻过来读后面的文字:

> 亲爱的雪莉,
> 别忘了
> 你和命运的约会!
>
> 你的雪莉
>
> 2019年9月9日
> 上午9:09
>
> 歪歪
> 斜斜
> 小屋

他皱了皱眉。为什么是雪莉寄,雪莉收?雪莉和她的奶奶同名吗?真奇怪。

哈里森把明信片再翻过来,看正面的照片。在角落里有一行很小的字:

> 巨型天文望远镜,智利,帕拉纳尔山。

哈里森深呼吸了一下。他只有八岁,怎么去智利呢?如

## 第十二章 救星来了——哥哥桑尼

果他去了，谁又来照顾拉娜呢？这是不可能办到的。

就在这时，他想起有一个人可以帮他。

第二天早上，哈里森打开屋子的前门时，几乎没有认出这名站在台阶上的少年。少年戴着反光墨镜，穿着褪色的绿军装，梳着用了发胶的"背头"。

"你好，哈里。"男孩说，"我以最快的速度赶来了。"

"桑尼！"哈里森冲上前去，拥抱了他的大哥。桑尼是哈里森同父异母的兄弟，他们有着共同的父亲，桑尼和自己的母亲住在伦敦。哈里森昨晚给桑尼打了电话，告诉了他所发生的一切。桑尼可能还不算成年人，但是既然是哥哥，哈里森确信他能帮助自己解决所有的事。

"拉娜在哪儿？"桑尼问着摘下了墨镜。

"在学校，"哈里森自豪地说，"我还给她吃了早饭。"

"真不简单，"桑尼说，他跟着弟弟来到厨房，"等等……这是怎么回事？"

整个厨房空空如也,只有"黑洞"被绑在最后仅存的一把椅子背上。餐桌、煮饭锅、炒菜锅、碗盘、刀叉、咖啡壶、冰箱……都消失不见了。

哈里森解释说:"我必须不断喂它,不然,它就会缩没了。"

"我明白了。"桑尼严肃地说,"爸爸和你妈妈就在这里面?"桑尼在靠近"黑洞"的表面挥挥手,想试试能不能看到任何反射。

哈里森说:"这是个意外。我很想跟他们道歉,但是现在也不行,因为他们在里面,而我在外面。所以我必须不断地把东西扔进去喂它,因为我不知道如果它完全缩没了,会发生什么。"

"嗯……"桑尼说,"你在电话里说,你要去智利找到那个叫雪莉的人。但是,你怎么把'黑洞'带上飞机呢?你不能托运它,那样连飞机也会消失的。你只能把它当作手提行李带在身边。"

"飞机?"哈里森问。

桑尼回答:"那你还能怎么去智利呀?"

## 第十二章 救星来了——哥哥桑尼

"可是他们会让小孩儿独自坐飞机吗?"哈里森问。

"不会。"桑尼说,"但是他们会允许青少年独自坐。"

"先生,您要去哪里?"机场值机柜台的女士问道,她抬头看了看这位高个子、身穿雨衣、戴着反光墨镜的男士。

"圣地亚哥。"哈里森答道,他左手抓着"黑洞"的绳子,右手伸进衣服内侧的口袋里,然后把桑尼的护照递了过去。由于爸爸的雨衣袖子太长,他把袖子长出来的部分反折过来摞到腋下,希望这样没人会注意到。

那位女士敲击了几下她的键盘,然后皱着眉头看着屏幕。

"请问您的年龄?"她问。

"十三岁。"哈里森回答,都不敢看着她的眼睛,"我爸妈给了我这封信。"说着,他递过去一个信封。当然,这不可能是他爸妈寄给他的,是桑尼在计算机上打出来的，并伪造了他们父亲的签名。

这位女士皱着眉头，再次敲击她的键盘，眉头皱得更紧了。她拿起桑尼的护照，非常仔细地查看。然后她抬头看着哈里森，问道："你不介意把太阳镜摘下来吧？"

"不介意。"哈里森说，希望她不要识破他的伪装。

他和桑尼看上去像，但又不是那么像。那天早上，他们在去机场的路上，让出租车停在一家理发店前。

"我的小弟弟很想看起来跟我一样。"桑尼对理发店的老板卡尔说，装出一副很尴尬的样子。

哈里森说："我没那么'小'。"

"所以，你想要跟你哥哥同样的发型——'背头'，对吗？"卡尔问。

"对，而且，我也希望是棕色的。"哈里森说，他有一头金发。哥俩对视了一下，哥哥朝他挤了挤眼。

"真的吗？"卡尔问，"你们的父母知道吗？"

"是的，他们说没问题。"桑尼用他那典型的半大小子的声调说，"他们给了我们现金。"他又晃着几张二十英镑的钞票。

## 第十二章 救星来了——哥哥桑尼

"那样的话，"卡尔笑着说，"就算让我给你染成紫色，带着粉红斑点也行啊。"

此刻，站在值机柜台前，哈里森只希望自己的发型和染色足以说服这位女士，他就是他哥哥。

那位女士继续盯着屏幕。

然后……她问："你有行李要托运吗？"

哈里森眨眨眼。这是否意味着同意让他上飞机了？

"没有。"他说。

"有手提行李吗？"

哈里森看着"黑洞"。

"就这个。"他说。

那位女士停顿了好久，好像还在屏幕上研究着什么。最后她说："您将从C52号登机口登机。"然后将护照交还给哈里森，里面夹着一张新打印出来的登机牌，"祝您飞行愉快。"

哈里森道了谢，戴上墨镜，一转身径直撞在指示排队的那根闪亮的金属柱子上。当然，这问题出于他正坐在桑尼的肩膀上，而桑尼又看不见自己要走的路。

"对不起，各位。"哈里森对那些面露不满的排队的人说。"小心！"他又小声对下面的哥哥说，"我们可不能被抓住。走，咱们先找到洗手间，好脱掉这身雨衣。"

他看到一位女士推着一位坐着机场专用轮椅的老先生。她戴着一个胸牌：克里斯·迪福德，特殊协助。

"打扰一下，"哈里森对她说，"请问洗手间在哪里？"

"那边。"那位女士说着，指向他们左手边人流来往频繁的走廊。

"谢谢。"哈里森说。然后他们开始慢慢地走，尽力避免着撞上任何其他东西。

他们一安全地进入洗手间的小隔间，就立刻把门锁上了，哈里森把"黑洞"绑在马桶垫上，开始解开雨衣的纽扣。当他解开第三颗纽扣时，桑尼的头发露了出来，解到第五颗纽扣，他看见哥哥满头大汗，满脸通红。

"我们成功了！"哈里森兴奋地低声说，"我有登机卡了，看，现在我可以上飞机了。"

"还没完呢。"桑尼说，"还得让你和'黑洞'先通过安检，这点，我还不能确定怎么应对才好。如果他们想从

## 第十二章 救星来了——哥哥桑尼

你手里拿走'黑洞'去检查怎么办?"

哈里森的心跳加速。如果安检人员拿走他的"黑洞",他就再也无法把父母弄回来了!他突然感到非常害怕。因为害怕,他开始崩溃了。

"我不要坐飞机啦!"他脱口而出。

"嘘!"桑尼小声说,"有人会听到的!"

"这是一个蠢办法!你不能硬逼我!"哈里森大喊。不由自主地,他的腿在摇晃,胳膊在颤抖。

"控制好自己!"桑尼说,伸手捂住哈里森的嘴,"如果你拉红色警报,我们就完蛋了!"

红色警报!现在,桑尼正在使用他父母用过的那个可怕的形容!啊!

但是,突然间,哈里森产生了一个革命性的念头。如果他不发脾气呢?就像上次在雪莉的奶奶的实验室里一样,他设法让老太太听了他的话。如果不发脾气,而是想象把问题扔进"黑洞"——让它消失呢?如果他告诉桑尼他只是担心而不是生气呢?

这样,仅仅片刻之后,哈里森就平静放松下来了。

"怎么了？"桑尼问，"你没事吧？"他的手仍旧放在哈里森的嘴上。

哈里森想说话，但声音被捂住了。

"对不起。"桑尼小声说，松开了手。

"我很害怕。"哈里森小声说道。

"没关系。"桑尼笑着说，"我也是。但是我们不会被害怕击败的。让我们再想想，想出一个计划来。"

哈里森考虑了各种办法，包括用水枪喷射所有的安检人员使他们逃跑，或者像赫克托曾经在学校里做过的那样拉动火灾警报器……不幸的是，他没有水枪，也不知道机场是否有警报器。当他在考虑他喜欢称之为"放弃"的第三种选择时，他的目光落在了他们面前门上的牌子处，牌子上说明他们所在的厕所是"无障碍"厕所，并有一个挂着拐杖的残障人的标志。

"如果我坐在轮椅上怎么样？"哈里森问，"就像我们刚才看到的那位老人一样，那在安检口工作人员会怎么做呢？"

桑尼说："我想他们会免检让你直接过。但是你没有

## 第十二章 救星来了——哥哥桑尼

坐轮椅呀,所以,没用……"

"如果我假装呢?"哈里森小声说,声音显得有些激动,"我坐在你的肩膀上看起来真的很高。如果我说自己发育过快,给我带来了非常糟糕的生长痛,这样行不行?"

"哈里森,"桑尼的语气里带着要宣布突发坏消息的意味,"冒充残疾人是不对的。还有,没有人,我再说一遍,没有人会因为你的生长痛而给你特殊的帮助。"

"推他直接过去好了,克里斯。"安保人员招了招手,于是特别协助部门的克里斯·迪福德把哈里森、桑尼的轮椅推过一个高大的灰色长方形门洞。哈里森猜测这可能是某种金属探测仪。没有人搜查他,也没有人质疑他拿着的那只绑着绳子、看来像聚会上会用到的黑色大气球。

那还不是最好的事。他们一通过安检,克里斯便帮助哈里森登上了一辆特殊的银黄两色的小型卡车,像疯子一样开着穿过机场,一直到达登机口。然后,她帮助哈里森、桑尼回到轮椅上,推着他们走过一条长长的曲折走廊,一直到飞机门口。

"朋友,你到了。"克里斯说,停下轮椅,用脚踩住刹车,"我护送的路线就到这里了。"

"谢谢。"哈里森说。墙上有一扇舷窗,他可以看到巨大的喷气发动机在飞机的机翼上旋转。

一男一女两名乘务员在机门里迎接,他们满面笑容。

"请照顾好这位,"克里斯告诉他们,"青少年,生长痛。"

"好的,"那位女乘务员说,脸上透着点神秘,"欢迎登机,先生。我可以看看您的登机牌吗?"

哈里森递过去,她仔细地研究了一下,好像在寻找什么错误。然后,她笑了。

她说:"你的座位在后面。第二十六排。"

哈里森到达座位后,桑尼开始戳他的肋骨。哈里森查看空姐是否有看他,然后解开了上面几颗纽扣。

"真是难以置信,"桑尼从缝隙里偷看,"我们成功了。"

"现在该做什么?"哈里森问,他感觉对着自己的胸

## 第十二章 救星来了——哥哥桑尼

口说话有些怪怪的。

桑尼回答："我要想办法下飞机。我得回去照看拉娜。不然，放学后她就独自一人了，或者更糟，有人会发现爸爸和你妈妈不见了。"

最初登上飞机的几名乘客正朝着他们走过来，所以他们需要快速行动。哈里森先确保他的"黑洞"牢牢地绑在他旁边座位的扶手上，然后解开了外套的纽扣，小心翼翼地从哥哥的肩膀上爬了下来。

桑尼的脸现在看起来通红，发型也被压扁了。"好，宝贝弟弟。"他站起来，把手放在哈里森的肩膀上，"从此以后，你得全靠你自己了。祝你好运！"然后他就离开了。

## 第十三章　独自寻找

"小孩儿,你确定有足够的钱付我吗?"

出租车司机把车开下了高速公路后,道路开始蜿蜒向上,进入阿塔卡马沙漠。

"当然。"哈里森说,"我哥哥给了我一大笔美元——大概两百。你说要花六十,所以我有足够的钱。"

出租车司机说:"我说过六十元吗?我的意思是七十,也许是八十,哦,很难说,取决于计程表。"

"可你的计程表并没有打开。"哈里森指出。

"我知道。"出租车司机回答,"这就是很难说的原因。"

哈里森紧张地看了一眼他的"黑洞"。它被绑在车门把手上，如果他把头从开着的窗户伸出去并向上望，就会看到"黑洞"在车顶上随风飘动。可问题是，它正在迅速缩小。飞行旅程中，除了飞机上的一本杂志和一些食物外，没有其他东西可以喂它了，它已经缩小到了葡萄柚的个头。

一到天文望远镜那儿，他就必须给它喂食了。但是现在，他所能做的就是看着从窗外快速掠过的沙漠。

哈里森从未去过火星，但如果有机会去的话，他想象火星一定就像现在车窗外的景象。满眼望去，一片红色。红色的尘烟在路边飘荡，红色的岩石在阳光下炙烤，红色的山峰刺穿湛蓝的天空……

跟火星更相似的是，这儿似乎也没有生命的迹象。那天早上，哈里森乘坐的飞机飞过郁郁葱葱的绿色田野，降落在圣地亚哥机场。他沿着飞机的梯子走下来时，就感到空气像温室里一样湿热。在声称自己"虽然看起来小，其实年龄一点都不小"之后，哈里森坐上了一架更小的飞

## 第十三章 独自寻找

机,飞到了一个气候更干燥、更尘土飞扬的地方,叫安托法加斯塔。随出租车离开机场时,哈里森看到高速公路边上一排排枯萎的棕榈树。阿塔卡马沙漠的荒凉,使安托法加斯塔看起来就像一块热带绿洲。

"这里有动物吗?"哈里森问。

"没有,"出租车司机摇了摇头说,"没有植物,没有动物,什么也没有。这个沙漠是地球上最干燥的地方。从来不下雨。"

"从来不下?"

"从来不下。"

哈里森感到耳膜发胀。出租车驶过山顶,一个巨大的干涸山谷在他们面前敞开。另一侧隐约可见一座高高的暗色的山峰,山顶上有一道闪动的银光。

"她在那儿,帕拉纳尔山。山顶上面就是天文望远镜。"出租车司机告诉他。

哈里森感到后脑勺的头发都竖起来了。终于到了,他穿过半个地球才得以抵达。一时,他感到既兴奋又恐惧,又满心坚定。

当他们离山峰更近时,哈里森意识到那银色的闪光属于四个巨大的银色圆柱体。他从口袋里掏出雪莉的明信片,发现正面的图案和眼前的景象完全一样:半山腰上有一组白色的大型建筑物,在它们的正前方是巨大的安检关卡。

哈里森想,雪莉一定在那里面。但是究竟在哪儿呢?

出租车司机问:"你要到住宅区,对吗?我通常会载客人经过安检,然后再让他们在那里下车。"他在后视镜中看了哈里森一眼,"当然他们得有对的证件。"

"如果没有呢?"哈里森问道,声音不自觉地提高了。

出租车司机耸了耸肩:"那我就得再把他们载回去。"

哈里森突然感到自己的恐惧大大超过了兴奋和坚定——如果安保人员不允许他进去怎么办?

"其实,"他突然说,"干吗不让我在这儿就下车呢?剩下的路,我可以走上去。"

"你说什么都行,我听你的。"出租车司机答道,随即猛地刹车,停了下来。

哈里森数出了六十美元,递了过去。出租车司机抓住他的手,直盯着他的眼睛。

"你叫什么名字?"他低吼道。哈里森告诉了他。

"你不是十三岁,"司机眯着眼睛说,"你可能,大概八九岁——最多九岁。"

哈里森倒吸了一口气。他要被发现了吗?

"那么,你来这里到底要做什么?说真的!"出租车司机追问。

时间在一分一秒地过去,哈里森决定说实话。

他说:"我到这里来是为了把我爸妈弄出'黑洞'。"

沉默了好一阵子,出租车司机的舌头在嘴里乱搅,眼珠乱转,好像在沉思。最后他说:"我也把父母放进'黑洞'里了。"

"真的吗?"哈里森问。

"年轻时,我做过一些坏事。我的父母发现并报了警。于是我进了监狱。很长一段时间,我很生他们的气,不和他们说话,也不见他们。"他看着哈里森的眼睛,"所以我把他们放进'黑洞'里了。"

"后来呢?"哈里森问,"您设法再把他们弄出来了吗?"

"没有，"出租车司机说，"等到我原谅他们的时候，已经太晚了。"

"哦。"听起来并不是一个结局圆满的故事。

"不要犯和我同样的错误。"出租车司机在驾驶座位上转过身，两人面对面，他认真地说，"赶紧把他们弄出来，不要等到为时过晚。"

"这就是我来到这里的原因。"哈里森说，他内心并不完全确定自己和司机说的是不是同样的事情，"这里有个人可以帮助我。"

"那就好。"出租车司机说，"我离开监狱后，也找到了那么一个人——牧师。"

现在哈里森确定他们俩说的不是一回事，他说："我要找的人是个天文学家，她叫雪莉。"

"全力以赴，小家伙，尽自己的一切力量，去做吧！"

又是长长的沉默，当出租车司机遥望着沙漠时，哈里森正在想他要怎么通过住宅区的大门。

"爱德华多——那个保安，你要没有证件，他绝对不会让你进去。"出租车司机说，"这是现实。"

## 第十三章 独自寻找

"但是我真的没有任何证件。"哈里森承认。

出租车司机说:"那你最好进后备厢。"

哈里森以前从未置身于车的后备厢,而且他也不想再重复这一经历。幸运的是,这个出租车后备厢有一块很大的凹陷处,车后盖关不严,哈里森可以通过这个缝隙窥视外面。起初,他所看到的只是红色的沙子,当出租车慢慢停下来后,他看到了一双擦得锃亮的黑色靴子,他推测这一定是爱德华多,出租车司机跟他提过的那个保安。

汽车停了下来,哈里森听到出租车司机和爱德华多用西班牙语交谈。哈里森屏住呼吸,祈祷一切顺利……然后汽车又开始行驶了。通过缝隙,哈里森看到安全门关了,爱德华多回到他的小屋。他们进来了!

接下来是出租车司机帮助哈里森钻出后备厢,迎接他的是刺眼的阳光。他发现在路的一侧是他从大门外就看到的白色大建筑群,另一侧是一个巨大的玻璃穹顶建筑。

"这就是人们住的地方。"

"真的吗?"哈里森一边问,一边从车门把手上解开"黑洞"。"黑洞"又缩小了,现在几乎只有橙子大。"这些建筑看起来是空的。"

"那是屋顶。"出租车司机回答,"建筑在地下。如果你的天文学家雪莉在这里,那么你应该会在那儿找到她。祝你好运。我可以给你一些建议吗?"

"当然,是什么?"

"相信过程。"

他留下这令人困惑的句子后,就消失在一片红色的尘埃中。

没有时间可以浪费了。哈里森牢牢抓住了他的"黑洞",直奔大楼。两扇茶色玻璃门滑开,他发现自己站在一个巨大的阳台上,俯瞰着一个宽阔的游泳池,在那个巨大的圆顶下,长满了高大的棕榈树和热带植物。

"先生,您需要什么帮助吗?"

哈里森转身看到一位工作人员打扮的女士,站在高高的接待台后面。

## 第十三章 独自寻找

"我要找雪莉。"哈里森用最响亮、最清晰、最勇敢的声音说。

"明白了。"接待员说,"雪莉。她姓什么?"

"嗯,确切地说,我不知道。"哈里森说,"但是她有亮粉色的头发。她寄给我这个。"

他递上了雪莉的明信片。

"所以,雪莉是您的朋友?"女接待员看着明信片。

"她更像是我的敌人,"哈里森说,拿回明信片,把它插进自己的口袋里放好,"她给了我这个黑洞气球,起初很好玩儿,但实际上它却带来了很多麻烦。"

女接待员注视了他一眼,点点头,然后伸手去拿桌子上的电话,改用西班牙语低声说:"你好,这里有一个年轻人,我想我可能需要你的帮助……是,是……他在找人……他说他们是敌人。"她抬头看了哈里森一眼,"是的,我认为你最好过来。谢谢你,爱德华多。"

哈里森的心一下子凉了。爱德华多是那个保安!这个接待员告诉他了!

"谢谢您,先生。您可以先坐一下,很快就会有人过来帮您。"她指着附近的一个沙发。

"非常感谢,"哈里森说,他努力保持冷静,赶紧想办法,"我能用你们的洗手间吗?"

"当然可以。"她说,"就在走廊里。"

"谢谢,"哈里森说,"我马上就回来。"

他当然不会回来了。当他到洗手间门口时,听到了走廊远处另一个房间里传来人们大声说话的声音。他回头看了看,确保接待员没有看见他,然后一头钻进了房间,原来这是个食堂。

哈里森的心跳加快!食堂里面挤满了身材各异的科学家。

他想,雪莉肯定在这里的某个地方。

服务柜台前排着长队,餐桌周围洋溢着欢声笑语,但哈里森始终没有发现亮粉色头发的踪迹。屋子四周分散布置着几块黑板,一个大胡子男人正忙着在黑板上画画,那图案看起来像是一座上下颠倒的山。

"请原谅,"哈里森鼓起勇气问,"你认识雪莉吗?"

"谁?"大胡子男人问。

"雪莉，"哈里森说，"她是个天文学家。"

餐桌旁的人都笑了。

大胡子男人说："我们这儿都是天文学家，年轻人。"

哈里森试图解释："她的头发是亮粉色的。她会制作黑洞，就像这个。"他摇晃着手中的绳子，"黑洞"在空中浮动。

大胡子男人说："别胡说，你不可能随身携带一个'黑洞'。"

餐桌旁的人们又笑了起来。

"能，我可以。"哈里森说着，眼神中透着坚定。他拿起了那位大胡子男人的午餐，把它抛向"黑洞"。科学家们眼看着盘子呈弧形地转啊转着，直到撞上了"黑洞"，冻结，然后消失在黑暗中。他们目瞪口呆。

大胡子男人举起双手，好像哈里森举着一把上了膛的猎枪。

"哇。"他喃喃道。

"看。这就是一个'黑洞'。"哈里森说，"现在告诉我吧，雪莉在哪里？"

他回头看了一下大厅,惊恐地看到了爱德华多站在接待台前!接待员指着这边,爱德华多开始朝他们走来……

"告诉我雪莉在哪儿!"哈里森惊慌地喊道,"不然,我把你们每个人都送到宇宙的深空里去!"

"我们不知道!"一个留着长发的男人说,"我们从来没听说过有个叫雪莉的在这里工作。"

爱德华多正在查看洗手间。哈里森只剩下几秒钟。

"这可不行!"他大喊,将一盒果汁扔进"黑洞"。

"你可以去查看信息板!"一个高个子的金发女士喊道,"在街对面的主实验室里,墙上挂着所有人的照片!"

"好主意!谢谢!"哈里森说。就在那一刻,爱德华多从洗手间里出来,看见了他,开始向他走来。

哈里森扫视房间。除了走廊,没有其他出路,而走廊已经被爱德华多堵住了。这时,他发现食堂的一名杂工,正在把堆满脏盘子的手推车推向一对双开弹簧门。哈里森像一只被猎狗追杀的野兔一样跳起来,飞速穿行在桌子之间,冲进那扇门。迎面滚滚的蒸汽,让哈里森一时间什么也看不清。

## 第十三章 独自寻找

蒸汽散去,他发现自己正和一个人面对面,是个一脸怒气冲冲的厨师,举着满满一大匙意大利面。但是没有时间道歉了,爱德华多正紧追不舍。哈里森发现厨房的另一端还有一对双开弹簧门,于是拐来拐去急奔过去。"黑洞"在他身后发出"嗖嗖"的声音,一路吞食着锅碗瓢

盆、厨师的帽子和整盘的意大利千层面,厨房里的工作人员在混乱中大声喊叫,困惑地举起了手臂!

哈里森急速穿过弹簧门,发现自己在一条长长通道的末端,通道里摆满了垃圾箱,另一头是第三对弹簧门——太好了!门后可见一缕阳光。哈里森冲上斜坡朝门奔过去。他听到身后的撞击声,回头一看是个垃圾箱翻了,旁边是爱德华多,正在把意大利面条从自己的眼皮上抹掉。

这给了哈里森一个好主意。他用尽力气把离自己最近的一个垃圾箱推翻,使垃圾箱倒在通道上,挡住了爱德华多的路。然后他穿过最后一对弹簧门,发现自己到了室外——从红色的悬崖望出去可以看见蔚蓝色的海洋。转过身来,哈里森看到了一条路,路那边是一座白色大楼,他多么希望那就是金发女郎告诉他的主实验室。

目标就在眼前,而紧追的爱德华多就在身后,哈里森尽力加快步伐。

可就在这时,哈里森开始感到有些异样。每走一步,他的腿都变得更加沉重。当他到达马路时,已经跑不动

## 第十三章 独自寻找

了。他走上通往实验室的那条路，举步维艰，好像脚踝被拴在了一起。他觉得呼吸困难，用尽全身最后的一点儿力气，推动了大旋转玻璃门。

令他松了一口气的是，室内凉风习习。哈里森把双手拄在膝盖上，气喘吁吁。他怎么了？病了吗？

"你好，年轻人。"

哈里森抬起头，看到那个大胡子男人向他微笑，还有其他科学家围在他身旁，包括那个看上去表情严肃的长发男子和那个习惯扬起一道眉毛的高个子金发女士。

在科学家们的身后，哈里森看到了一堵墙，上面挂满了来自全球的科学家的照片，他们正在尽最大努力发挥自己的聪明才智。哈里森快速扫视过这些照片后，感到不对头——他们之中没有一个有着亮粉色的头发或是愤怒的脸孔。换句话说，雪莉不在其中。

更糟的是，整面墙突然泛起了波纹，好像每张脸都成了反射的倒影。然后其他的所有东西也开始波动起来，包括门口两侧的盆栽植物、自己伸出的双手，以及正在推着旋转门进来的爱德华多……就在那瞬间，哈里森昏过去了。

哈里森睁开眼睛。一艘宇宙飞船降落在一个奶油色星球的下方,绿色通信灯一闪一闪的。

至少,这是他刚醒来时的意识,直到他明白过来——原来自己躺在床上,眼睛盯着的是天花板上的烟雾探测器。

"啊,你醒了。"一个声音说着。

哈里森转过身,看见一名女医生坐在自己旁边,在一块夹板上做着笔记。"现在你觉得怎么样?"

"很好。"哈里森说。除了一个面具似的东西遮住了他的鼻子和嘴巴,这感觉有点滑稽。

医生把枕头垫高,帮助哈里森坐起来。现在他更加清醒了,打量着周围:他在一个似乎很小的房间里,只有一张床和几件基本家具。他一定睡了一段时间,因为有一扇很小的窗户正对着悬崖,他可以看到外面现在天黑了。

## 第十三章 独自寻找

医生把听诊器的耳塞放在耳朵里，把金属一头放在他的胸口。

"深呼吸。"她指示说。哈里森照她说的去做，医生在她的夹板上写了一些东西，然后将一个橡胶臂圈滑过他的肘部，打气，再慢慢放气。"现在可以把这个拿掉了。"说着，她把面罩拉低到了哈里森脖子的位置上。

"我要死了吗？"哈里森问。

"不，"医生微笑着说，"你很快就好了。"

哈里森看上去并没有完全信服。

"你去的地方越高，氧气越稀薄，也就意味着呼吸会越困难。这个天文台海拔很高，而且，如果你像刚才那样到处跑，"她严厉地看了哈里森一眼，"就会产生高原反应。一般，你会感到恶心，然后可能晕倒，都是因为所在的高度。因此，非常重要的一点就是我们会尽快让你下山。我猜你是和父母一起来这里的吧？"

"是的。"哈里森说，一边四处张望寻找他的"黑洞"，它被绑在床架上。"他们在那里面。"他告诉医生，指着"黑洞"。自从最后一次他扔给黑洞东西以后，已经过了很长时间了，现在它已经缩成橘子大小了。

"你说什么呢？"

"他们在那个'黑洞'里，"哈里森说，"尽管剩下的黑洞空间已经很小了。我正在努力把他们救出来。唯一可以帮助我的人是雪莉，而我却找不到她。"

"嗯……我想你头脑还有点儿不清醒。"医生说着收拾好她的听诊器，"你还需要吸氧。"

她把面罩滑过哈里森的鼻子和嘴，调整了一个大小与一罐饮料差不多的银色瓶子的顶部。哈里森现在可以尝到氧气了：一种酸甜的混合物，使他想起了自己非常喜欢的甜酸蛇皮糖。

医生说："我去给你拿更多的氧气，然后我们会送你下山，找到你的父母。"

"但是——"哈里森刚要说话。

"没有'但是'。你必须待在这里休息。"医生坚定地说，"而且绝对不允许再去更高处了。那对你真的很不好。"

就这样，医生离开了房间，把门关上了。哈里森叹了口气，看着"黑洞"。食堂的食物和锅碗瓢盆肯定对它

## 第十三章 独自寻找

是有好处的,但是如果不尽快喂它更多东西,它会持续缩小,缩到像核桃大小、玻璃珠般大小,然后像豌豆那么点儿……如果它最后完全消失了怎么办?那样他就永远无法把爸爸妈妈带回来了。

他已经走了这么远,如果失败了,他还能怎么办呢?

哈里森再次叹了口气,躺回去,闭上了眼睛。他非常想念爸爸妈妈。最初,能摆脱自己不喜欢的一切是那么开心、有趣,但是如果这意味着要失去亲人,那么随心所欲、为所欲为,又有什么意思呢?

眼泪涌了上来。就在这时,有人敲门。

"打扫房间。"一个声音说。

门开了,一辆清洁车出现了。推车的是一个长着亮粉色头发、面目熟悉的年轻女子。她对着哈里森微笑,从车上拿了一卷卫生纸,走进洗手间。稍后她慢慢地退出洗手间,手里仍然握着那卷纸。

"哈里森?"她难以置信地问道。

## 第十四章 雪莉出现

"雪莉?"哈里森问,但戴着氧气面罩声音听起来怪怪的。

"你怎么找到我的?"雪莉问。

哈里森举起了明信片。

"你这么大老远跑来……"雪莉问,从清洁车上拿起拖把,"为什么?"

哈里森拉下面罩,让它挂在脖子上。

"我父母,"他回答,"我把他们弄到'黑洞'里去了。现在我想要他们回来。"

雪莉点点头，好像听明白了。然后，最不可思议的事情发生了——她猛扑过来，用拖把捅哈里森的胸口。

"别找我麻烦！"她大喊。

"啊！"哈里森大喊。他再次发现自己平躺在床上，盯着烟雾探测器。当他设法再次坐起来时，门"砰"的一声关上了，雪莉不见了。

她怎么了？为什么她不想帮忙呢？哈里森对此百思不得其解。

必须赶上她。哈里森把双腿挪到地板上，试着站起来，但这并不容易。他扶着床架，解开了"黑洞"，然后跌跌撞撞地以尽可能快的速度去追赶雪莉。

哈里森的房间在一条长长的绿色走廊中间，走廊两端各有一扇门。他左边的门正在摆动，可能是雪莉刚刚经过。所以他一只手握住氧气瓶，另一只手抓住"黑洞"，拖着脚步尽快地朝着那扇门走过去。门那边是水泥楼梯。他拖着身子上了楼梯，摇摇晃晃地跑到了外面。

抬起头，哈里森看到了满天的星星。他和家人曾经去过湖区度假，那里的星星非常明亮，但今晚的夜空则完全是另一种境界：没有月亮，也没有云，银河似乎占据了整个夜空，仿佛是巨人将画笔浸入一桶星星中，然后大笔一挥扫过天空。哈里森竭力去想这情景让他记起了什么，过了一会儿，他恍然大悟：雪莉在赫克托·布鲁姆的生日派对上创造的天花板！

哦，雪莉！没有时间可以浪费。她往哪条路去了？

哈里森跌跌撞撞地走上了通往大楼一角的小路，但雪莉消失了。她会不会在绿色走廊里假装推开一扇门骗他，而实际从另一扇门跑了呢？就在这时，哈里森的目光被半山腰的两盏小红灯吸引住了。

两盏小红灯在移动！

哈里森眯着眼睛试图看得更清楚些。这两盏灯属于一辆轻型车，雪莉正驾着它全速驶向山顶的天文望远镜。她从哪里弄来的车？等等！主实验室外面就有另一辆空的轻型车！

哈里森觉得脚下的地面开始摇晃，就像是果冻做的，在这可怕的一刻，他想自己又要病倒了。高原反应再次发作！很快，他摸索着氧气面罩，扭动了瓶子的顶部，深吸了一口气。

酸酸甜甜的，酸酸甜甜的。

这办法真管用。他把瓶子拧紧，拉下面罩，然后牢牢抓住"黑洞"（"黑洞"现在几乎还没李子大，而且似乎每分钟都在变小）的绳子，他大步走向轻型车。这是他追上雪莉，把所有东西都从"黑洞"里弄出来的唯一机会了。无论双腿感觉有多沉重，他都必须继续向前。

幸运的是，哈里森对动力车并不陌生。爸爸的朋友克里斯在他的农地里教会了哈里森很多新东西，包括驾驶：

1. 四轮摩托；

2. 耕作时的拖拉机；

3. 一辆老式路虎；

4. 北极星越野车（类似四轮摩托，但是有车顶）。

所以，他相信自己驾驶轻型车是小菜一碟。但是，当他把"黑洞"固定在后保险杠上，自己在方向盘后面坐下来时，他便意识到，以前每一次开车都有克里斯叔叔坐在他旁边，帮他启动发动机，脚踩踏板，鼓励他前进。但

## 第十四章 雪莉出现

他从来没有独自驾驶过,从没一个人开车上路过,更没试过在陡峭的山路上,去追逐一位亮粉色头发的天文学家。

但是现在不是惊慌的时候。首先,他必须搞清楚如何启动发动机。克里斯叔叔总是在方向盘旁边转动钥匙。而这里似乎只有一个红色按钮,难道就是它?

哈里森按下了它,车向前动了一下,就像一匹急不可待的赛马。他把身子在座位上向前挪了挪,将脚放在两个踏板中较小的一个上。半秒之内,没出什么问题,然后车子启动了!

车从高低不平的土地上冲上柏油路,哈里森在车里颠簸,他紧紧抓住方向盘,感到一阵阵头晕。道路越来越陡峭,很快车爬到了沙漠的高坡之上,他的头发随风飘动,头顶上耀眼的星星布满了夜空。

当车子到达山顶时,他赫然看见四架巨型天文望远镜,高耸于一切之上。

刹车!他需要找到刹车!就靠撞大运了,哈里森把脚踩到那个大踏板上,车急促地发出一声响就突然停了下来,离混凝土墙只差几厘米,他的前胸也撞到了方向盘上。好险啊！

这里没有其他地方可以隐藏，雪莉肯定在其中一架天文望远镜中。但是，是哪一架呢？

哈里森解下"黑洞"，跑到离自己最近的一扇门前，推开了它。门后面，大约有六位科学家转过身来惊讶地看着他。

"抱歉，不是这座望远镜！"哈里森说着，把门关上。

这时他看到最远的天文望远镜外面，立着一块明亮的黄色塑料牌。他冲了过去，上面写着：

**打扫中，
请勿进入！**

哈里森深吸一口气，推开那扇门。

## 第十四章 雪莉出现

里面太黑了,他的眼睛花了几秒钟来适应。房间中间是一个巨型曲面镜,形状像半边硕大的椰子壳,指向屋顶上一面非常大的圆洞。旁边是一组规模宏伟的木质装置,让哈里森想起了古代人们攻打城堡时用的投石车。两者共同构成了一个最怪异的组合:过去与未来,比邻并列。

突然,一束明亮的蓝色激光从屋顶射入镜子,然后射向夜空。

"她很漂亮,是不是?"哈里森听到从黑暗中传来的雪莉的声音,"她叫阿勒克托(Alekto),是百万瓦级激光,我自己制造的。这是她的姐妹,墨盖拉(Megaera)!"

第二束蓝光与镜子相撞,飞向太空。

"最后,是提西福涅(Tisiphone)!"第三道蓝色光束射入镜子,与她的两个姐妹相撞,然后奔向星空。在三束光交叉会合的地方,火花飞溅,哈里森看见一个小黑洞开始形成。

雪莉宣布:"我是根据复仇三女神给她们命名的。你听说过吗?"她走到了有亮光的地方。

"没有。"哈里森说。

雪莉说:"她们来自古希腊,总爱报仇雪恨。这个黑洞是我的!"

哈里森说:"我不明白那是什么意思。"

雪莉说:"这意思就是我要离开,在你或其他任何人试图阻止我之前!"

"但我并不想阻止你!"哈里森喊道,沮丧地说,"**我只想让我父母回来!**"

"嘘……!"雪莉粗暴地说道,"有人会听见你说话的!"

"**但是我很生气!**"哈里森大喊,他开始燃起怒火。

"你难道还没学到点儿什么吗?"雪莉喊得甚至更响。

哈里森深呼吸了一下,然后又深呼吸。他希望雪莉帮助他,他知道自己必须冷静下来。

"求你了,雪莉。我把我父母弄到'黑洞'里去了,还有很多其他不应该进去的东西。"他说,尽可能地保持声音稳定,"现在我想让他们回来。我不能独自照顾妹妹，我真的很想念爸爸妈妈。哈德威克一家也很想念阿蓝，至少，在他们也被'黑洞'吞掉之前。甚至赫克托都有想念他的人！请你告诉我怎么样才能把他们弄出来，可以吗？"

雪莉的表情从愤慨变成了惊讶。

"哇！"她说，"真是令人印象深刻啊。"

"什么？"哈里森问。

"它起作用了！"

哈里森不明白。

雪莉说："我给了你一只黑洞气球，就是要它帮助你控制自己的脾气，因为你在聚会上的表现太差了。"

"是这样啊？"哈里森问。

"是的。看看你现在，有话好好说而不是吵闹！"雪莉说，然后她的声音变得柔和了，"听着，哈里森，生气可以是正面的，甚至是重要的。我也生气，关键是如何处理你的怒气，我不会放纵我的脾气，我会利用它。"

她将一只手放在哈里森的肩膀上，哈里森抬头看着她那双锐利的绿色眼睛。

"我像你这么大的时候,想学习科学却不被允许,因为我是一个女孩。我很生气,但是,我没有吵闹,没有喊叫。我利用我的怒气,制造出这样东西……一座爱因斯坦－罗森桥,这样我就可以到未来去旅行,成为一名天文学家!"

"就像你的祖母一样。"哈里森接茬说。

"你说什么?"雪莉问道,好像并不明白。

"她建造了一个……呃,什么桥……也是一个这类的东西。"

"你真的不知道我是谁吗?"雪莉问。

"当然知道。"哈里森回答得有点犹豫,"你是雪莉。"

"给你一个线索吧:加里波第饼干。"

雪莉在自己的口袋里摸索着,掏出一包吃了一半的饼干。

"我到达后大约三十秒钟,这东西打在了我脖子后面。"雪莉解释说,一边把饼干递了过来,"我认为这是你妹妹的。"

有那么一会儿,哈里森开始一点儿也不理解雪莉的意思。但突然间他恍然大悟，明白了她想告诉他的是什么……

"明信片上写着：'雪莉寄'和'雪莉收'。"他慢慢地说。

"这就对了。"雪莉带着鼓励的微笑说道。

"你奶奶告诉我，看看父母和祖父母，就知道我们自己老了以后的样子……"

"是的。"雪莉点点头。

"这意思是……"哈里森倒抽了一口气。

"那个老太太不是我的奶奶，就是我！"雪莉替他说了出来。

然后一切都变暗了。

## 第十五章 还剩五分三十八秒

"哈里森,哈里森!"

从很远很远的地方传来呼唤他的声音。

"哈里森,醒醒!"

他睁开眼睛,立即感到恶心。他不能确定,这种难受多少是因为海拔高度,多少是因为雪莉正在剧烈地摇晃他的肩膀。

"这是怎么了?"他问她。

"你晕倒了,"雪莉说,"我本来要给你吸一些氧气,但后来我想你可能需要的是它;因为这东西需要喂食。"

她举起一段似乎是接近于透明的绳子,绳子还在空中飘浮着。

"它没了!"哈里森喊道。

"几乎没了。"雪莉说,"现在大约是草莓籽的大小。在它完全消失前,我想说你还有——"她在脑子里做了些快速的计算——"五分三十八秒。"

"什么?"哈里森大叫。

雪莉说:"我们需要赶紧行动,所以我得长话短说。第一,你要把整个地球放入黑洞。这是可以阻止它缩到消失的唯一办法。第二,你要让它旋转。第三,你自己也要投入其中。明白了吗?"

"没全明白。"哈里森说。

"好吧,"雪莉说,"要想从黑洞里出来,就必须让它旋转。"她按下了遥控器上的一个按钮,巨型镜子开始旋转,"因为你知道,是旋转使黑洞变成了爱因斯坦－罗森桥……"

雪莉一边说着,一边爬上了摇摇晃晃的木质装置,坐进了巨大杠杆臂顶端的一个座位。

## 第十五章 还剩五分三十八秒

"但是我需要你的帮助！"哈里森喊道，压过机器的噪声，"我还是不知道该怎么把一切弄回来！"

"你没问题的，"雪莉一边说，一边自己做着准备，"其实非常简单。只要记住：地球，旋转，自己投入进去就行啦。"她按下了遥控器上的另一个按钮，"哦，等等，"她补充说，"我还需要告诉你另一件事。要确保黑洞以正确的方向旋转。上一次，我进入的就是过去而不是未来！"

**"开始倒计时，十、九、八……"**

轰隆隆的声音响起。

雪莉背靠着座位坐好，准备好再一次开始不可思议的旅程！

**"七……六……"**

她说："还有一件事。"

**"五……四……"**

"你必须达到正确的速度。那次我的速度还不够快，结果成了二十八岁，而不是八岁！你不想改变年龄，所以爬进去时要尽量慢一点！"

"三……二……"

她给了哈里森一个灿烂的笑容,然后又坐了回去。

然而立刻,她又坐直了。

"一……"

"你要保持冷静!"她大喊,"任何情绪上的干扰,都会使你偏离时间轨道。"

"点火!"

"那就会有两个你——一个新的、一个旧的!相信我,你不会想变成那样的!"

镜子在飞快地旋转,噪声震耳欲聋。

"发射!"

"除了这些要记住的,其他就都简单得像孩子的游戏了——!"

巨大的投臂让她头朝上越过整个房间,正好被送进了旋转的黑洞!

剩下的只有雪莉的鞋底了,它们将会慢慢地在视线中消失……

哈里森没有看着它们完全消失在黑暗中。他有工作要做，而且只有很少的时间去完成。

他抓起绑"黑洞"的绳子跑了出去，随后戴上氧气面罩，拧动氧气瓶的顶部。

酸酸甜甜的，酸酸甜甜的。

然后，哈里森把绳子的另一头埋入地面的沙土里。

没有动静。

太晚了吗？他盯着绳子的末端。"黑洞"可能在那里，他看不到。

他又再一次把绳子底下的一头埋入沙土。

这次见效了，有什么事情在发生。

令人难以置信的事情。

高原上的所有沙土都开始颤抖，好像被世界上最强大、最微小的吸尘器吸起来了。

一阵颠簸，哈里森被一阵大风击中，被向上抛起。

他竭尽全力，握紧绳子。

现在他可以再次看见他的"黑洞"了，就在绳子的另一头，已经像高尔夫球大小了。

"黑洞"在吞食！"黑洞"还在增大！

在他的下面,整座山峰似乎都在颤抖,压缩在一起,像一张床单一样薄……被吸进"黑洞"。

大风越来越猛烈地向他狂扫,哈里森觉得自己的头好像要爆炸了。

他透过氧气面罩深吸了一口气。

酸酸甜甜的,酸酸甜甜的。

"黑洞"现在已经有足球大小了,还在增大。在哈里森的身体下方,地球开始弯曲,太阳开始升起,山石像洪流般朝他涌来。

在短暂的几秒钟里,哈里森被炙烤在他所见过的最明亮、最炽热的阳光里!

然后他就陷入了黑暗。

酸酸甜甜的,酸酸甜甜的。

突然,他飘浮在太空中,他和太阳之间除了巨大的"黑洞"之外,什么都没有。

整个地球都消失在"黑洞"中了!全世界以及其中所有的一切:每个人、每只动物和每株植物都要依赖于他的正确行动来拯救。

## 第十五章 还剩五分三十八秒

哈里森看着氧气瓶，只剩下能够维持几分钟的氧气了。他需要快速想办法。

雪莉的话在他的大脑中回荡。"地球，旋转，自己投入。"

他已经把地球放进"黑洞"里了，现在他需要让"黑洞"旋转。可是，什么方向呢？怎么转？

哈里森抬头看着"黑洞"，此刻的它深邃而黑暗，太阳在它周围燃烧，像个光环。但是，等等……星星在哪里？啊，在那里，就像地毯一样在他脚下。

现在回想，在雪莉发射之前，她一直想告诉他什么来着？朝一个方向旋转，你会回到过去；朝另一个方向转，你将走向未来。

到底是哪个方向呢？

没法儿知道啊。

哈里森低头看着脚上的运动鞋。两只鞋中间有一颗明亮的星星，他想他认识这颗星！现在他更仔细地观察，可以看出脚下纵横交错的图形是天鹅座，而那颗明亮的星星是天津四，在天鹅座的尾巴上！

但有一个问题。

天鹅座没有旋转。那代表着他自己也没有旋转。

哈里森试图扭动自己的身体，但没用。四周是空荡荡的太空，没有任何他可以借以推动自己的物体。然后他有了一个主意。

他脱掉一只鞋子，扔了出去，天鹅座看起来好像开始转动了，这意味着他和他的"黑洞"正在旋转。

因此，他又脱下另一只鞋子，也把它扔出去。

现在天鹅座的转动速度更快了！

然后哈里森开始爬"黑洞"的绳子，一小段，又一小段，越来越接近"黑洞"。

他伸出手去。他的心跳开始加速。

如果出现状况怎么办？如果他掉进去再也出不来怎么办？

雪莉说过，要保持镇定。他必须保持镇定！

酸酸甜甜的，酸酸甜甜的。

哈里森摸到了"黑洞"的边缘……然后，哎呀！他发动了，好像他头朝下顺着世界上最大的水滑梯滑了进去！

## 第十五章 还剩五分三十八秒

哈里森在左右上下颠簸翻腾，匆匆穿越空间和时间，越来越快！

他看到阿蓝在狂吠……然后是一块巨大的西蓝花……赫克托·布鲁姆挥舞着皮筋……游泳池里的水和教科书那么快地冲向他又一闪而过，他只好闭上眼睛……最后，在远方，他瞥见自己的父母，在向他招手……

但是，等等，他们在挥手迎接还是挥手告别呢？

突然，哈里森感觉自己匆匆离他们而去，冲了出去，越过了恒星、星系和星系团……进入了黑暗。

然后一切都停止了。

哈里森睁开眼睛。

还是天鹅座，只是它不再旋转了！

没有成功啊！

接着哈里森意识到自己并没有戴氧气面罩。

他仰天躺着，抬头看着天花板上的星星，此时仍然是赫克托的太空聚会！

"好吧！"雪莉说，"我们可以玩点儿游戏吗？"她拨动了墙上的一排开关，所有的灯又重新亮了起来。

哈里森在左右上下颠簸翻腾，匆匆穿越空间和时间。

他成功了！他的时间旅行回到了赫克托的生日聚会！那意味着所有坏事还没有发生，他的父母、阿蓝、赫克托和整个星球都平安无事！

在之后的几秒钟内，哈里森躺在那儿，沉浸在一片轻松里。然后他笑了，那绝对是一个灿烂的笑容。他跳了起来，手举得高高的。

"好！"他大喊道。

每个人都笑了。不用说，这个生日聚会已然是有史以来最好的生日聚会之一。当赫克托抽出橡皮筋并做出威胁的假笑时，哈里森发现自己根本就不在乎。一个进过黑洞里边并失去过父母的人，就不会觉得一根橡皮筋看起来有多么恐怖了。哈里森非常开心，以至于他几乎都没有注意到爸爸妈妈最后悄悄地进来了。

"你们来啦！"哈里森一发现他们就大喊，穿过房间跑过去给了他们一个大大的拥抱。他非常想念爸爸妈妈。

然后他看到了拉娜,也给了她一个大大的拥抱。

雪莉对哈里森的父母说:"照看哈里森是一件令人非常愉快的事。"

一个接一个,雪莉给每个孩子分发了一块生日蛋糕和一只美丽、闪亮的氦气球,气球是各种行星形状的。赫克托拿到的是褐色和黄色条纹的木星,而珀尔塞福涅·布林克沃特的是紫色的金星,查理·努苏得到了天蓝色的海王星,马库斯·唐得到了带粉色光环的橘黄色土星,卡尔·吴得到了蓝绿色的天王星,凯蒂·布罗德得到了银色的水星,她很幸运,因为银色和她穿的天使服装非常配。

终于,轮到哈里森了。

"还有给哈里森的气球吗?"妈妈问雪莉。

"啊,有!"雪莉说,然后面对哈里森,微笑着说,"哈里森,我为你准备了一只特别的气球。"

哈里森的心沉了下去。所有一切要重新再来一次吗?他不想要"黑洞"!

然而雪莉递给他一只美丽的红色气球。

"这是火星,"她说,把它绑在哈里森的手腕上,

"'火星'是以谁的名字命名的,你知道吗?"

哈里森摇了摇头。

"是罗马的战神。"雪莉说,"但是要赢得胜利,他必须学会控制自己的脾气。"

哈里森会心一笑,说:"也许有人应该给他一个'黑洞'。"

## 尾声 寓意是什么

一开始,我就说过,故事一般讲的都是做了一件坏事的好人,这个故事也不例外。

在结束时我要说,大多数关于做了坏事的好人的故事都是有寓意的,这个故事也是。

那么,你可能会问,这个故事的寓意是什么?

好吧,确实有这么几点。其中一点(我想哈里森会同意的)是:

不要在生日聚会上大闹。

另一点可能是:

无论生活在让人愤怒的世界里有多么困难,但是生活在没有人愤怒的世界里只会更糟。如果人们对不公正或不公平默然接受,不生气,那么事情将永远不会改变。

或者也许是这样:

有时人们愤怒,只不过是用另一种方式表达他们的担忧、害怕。

最后,也许最重要的是:

如果你把担忧和烦恼掩藏起来,可能爆发出来的就是愤怒。但是,如果你试着解释自己的担忧和烦恼,可能就会有人理解你,并且能够帮助你。

## 科普知识点 关于黑洞的一些事儿

自从写了这个故事后,我收到了很多孩子的来信,问我"黑洞"是否真实存在,是否有危险,是否可能一不小心就掉入其中。

首先是坏消息:黑洞是真实存在的。在天鹅座中有一个,正如故事中讲的那样,甚至有人说还有一个很小的黑洞,大小就像一只气球,就在我们太阳系的外围。

然后是好消息:不慎掉入黑洞的机会为零。除非你正计划在恒星天津四附近度假,或者到海王星之外去休息一阵子。

那么故事中还有什么是真的?

好吧,哈里森是一个真实的人,然而他从来没有在海王星之外短暂休息过,所以他从未陷入过黑洞,也没有能力将任何东西放入其中,尽管有时他希望他能。在他学会有话好好说之前,他确实有脾气。

黑洞也确实会缩小,尽管速度远不像这个故事所描述得那么快。这一点是非常聪明的科学家斯蒂芬·霍金告诉我们的。根据另外两位非常聪明的科学家阿尔伯特·爱因斯坦和内森·罗森的说法,一个旋转的黑洞可能——我重复一遍,可能——形成一个爱因斯坦-罗森桥,但是从来没有人见过一位老奶奶真的通过它穿越时空。

哈里森的故事里另一件东西也是真实的——阿塔卡马沙漠中的超大型望远镜(VLT)。它是世界上最先进的可见光天文观测台之一,这意味着如果你想看到太空中的某些东西,它就是地球上最好的观测点。它实际上是四架望远镜的组合。它们联合起来的功能非常强大,如果你把一辆汽车弄上月球并打开车的前灯,VLT能够从地球上看到这辆车。天文台对游客开放,所以你可以自己去参观，只需要登录它们的官方网站，当然，还需要设法把自己送上飞往智利的航班……

或者，成为一名天文学家。

然后，你可以自己亲眼看到黑洞，甚至也许能亲手做一个……

#### 图书在版编目（CIP）数据

让地球消失的男孩/（英）本·米勒著；杨诚译
.--北京：北京联合出版公司,2022.7
ISBN 978-7-5596-5923-1

Ⅰ.①让… Ⅱ.①本… ②杨… Ⅲ.①儿童小说－中篇小说－英国－现代 Ⅳ.①I561.84

中国版本图书馆 CIP 数据核字 (2022) 第 017705 号

北京市版权局著作权合同登记 图字：01-2022-2861

The Boy Who Made The World Disappear by Ben Miller
Text Copyright © Passion Projects Limited 2019
Illustrations Copyright © Daniela Jaglenka Terrazzini
First published in Great Britain in 2019 by Simon & Schuster UK Ltd
A CBS COMPANY

#### 让地球消失的男孩

作　者：[英]本·米勒
译　者：杨　诚
出品人：赵红仕
产品经理：毕　婷
责任编辑：夏应鹏
装帧设计：孙　庚
内文排版：思　颖
特约监制：孙淑慧
出版统筹：慕云五　马海宽

---

北京联合出版公司出版
（北京市西城区德外大街83号楼9层　100088）
北京联合天畅文化传播公司发行
北京中科印刷有限公司印刷　新华书店经销
字数70千字　880毫米×1230毫米　1/32　5.75印张
2022年7月第1版　2022年7月第1次印刷
ISBN 978-7-5596-5923-1
定价：35.00元

---

**版权所有，侵权必究**
未经许可，不得以任何方式复制或抄袭本书部分或全部内容
本书若有质量问题，请与本公司图书销售中心联系调换。电话：010-64258472-800